公元 787 年，唐封疆大吏马总集诸子精华，编著成《意林》一书 6 卷，流传至今
意林：始于公元 787 年，距今 1200 余年

一则故事　改变一生

魂武士 ①

暴风将至
The Gathering Storm

[美]H.K.瓦里安/著
李耀和/译

吉林摄影出版社
·长春·

图书在版编目（CIP）数据

暴风将至 /（美）H.K.瓦里安著；李耀和译. -- 长春：吉林摄影出版社，2017.6
（魂武士）
 ISBN 978-7-5498-3178-4

Ⅰ.①暴… Ⅱ.①H… ②李… Ⅲ.①儿童小说－中篇小说－美国－现代 Ⅳ.①I712.84
中国版本图书馆CIP数据核字(2017)第120198号

著作权合同登记号 图字：07-2017-0033
THE GATHERING STORM
　　Chinese (simplified) language copyright © 2017 by Jilin Photography Publishing House
　　Original English language copyright © 2016 Published by arrangement with Simon Spotlight,an imprint of Simon & Schuster Children's Publishing Division
　　All rights reserved. No part of this book may be reproduced or transmitted in any form or by any means, electronic or mechanical,including photocopying, recording or by any information storage and retrieval system, without permission in writing from the Publisher.

魂武士①·暴风将至
HUN WUSHI① · BAOFENG JIANG ZHI

出版人	孙洪军		印 张	9
总策划	顾 平		版 次	2017年6月第1版
出品人	杜普洲		印 次	2017年6月第1次印刷
主 编	宋春华		出 版	吉林摄影出版社
责任编辑	李 彬		发 行	吉林摄影出版社
图书策划	宋春华 罗 艳		地 址	长春市泰来街1825号
图书统筹	罗 艳		邮编：130062	
执行编辑	罗 艳 吴燕慧		电 话	总编办：0431-86012616
封面绘图	陈公仔			发行科：0431-86012602
设计总监	资 源		网 址	www.jlsycbs.net
封面设计	资 源		经 销	全国各地新华书店
美术编辑	张 龙		印 刷	北京兆成印刷有限责任公司
开 本	700mm×1000mm 1/16		书 号	ISBN 978-7-5498-3178-4
字 数	90千字		定 价	21.80元

版权所有　翻印必究
（如发现印装质量问题，请与承印厂联系退换）

人物简介

麦克·木村： 柳树湾中学一名七年级的男孩，原名真琴，日本人，自从父母因车祸去世后，一直跟爷爷生活在美国。爷爷恪守日本传统风俗，麦克却极力想融入新的生活。因为一堂特殊的体育课，麦克知道了自己是可以变身火猁的幻兽。自此，他勇敢、热情的一面被激发。

菲奥娜·墨菲： 同在柳树湾中学读七年级，是一个超级聪明的女孩，一直是学校的尖子生，学校为尖子生开设的快班她都上了。菲奥娜是能变身海豹人的幻兽，她喜欢在水里畅游的感觉。但是父亲却极力阻止她成为幻兽，为此在一次意外中她发现了父亲隐藏的秘密。

贾瑞拉·里维拉： 柳树湾中学一名普通的七年级学生，而又不仅仅只是名普通的学生，她是能变身的幻兽，拥有罕见的神奇力量，那就是由人身变为美洲虎。她处处小心，隐藏自己幻兽的身份，但最终因成为一只幻兽而感到自信和骄傲。

达伦·史密斯： 家境富裕的男孩，住豪华别墅，穿最酷的衣服。性格也十分温顺善良，待人真诚，即便是不熟悉的人他也会与之打招呼并给以微笑。他能由人身变为闪电鸟。他机智、勇敢、为人仗义，总能救好朋友于危难时刻，并与周遭的邪恶对抗。

幻兽简介

火狐：火狐拥有长长的毛茸茸的尾巴，眼眸明亮，毛发根根直立并且散发光芒。最不可思议的是它的爪子，竟然燃着火焰。在日本的传说中，火狐会飞翔，能使人产生幻觉，能控制火。除此之外，还有很多别的本领。

海豹人：来自爱尔兰和苏格兰的海岸，是灵巧敏捷的动物。它在水中跃出跃入，速度快到只能看到一道灰色的影子，黑亮黑亮的眼睛散发着智慧的光芒。海豹人通晓魔法，附近如果出现幻兽或者魔族，它都能感知到。它们的歌声中蕴藏着魔法，能控制潮起潮落，可以呼风唤雨，甚至可以汲取别人的魔法。

美洲虎：美洲虎来自中美洲，主要是墨西哥。它拥有金光闪闪的眼睛，身上那黑色的毛发让人想起没有月亮的夜晚，四个脚掌软乎乎的，仿佛天鹅绒。美洲虎力大无穷，跑起来风驰电掣，具有非凡的自愈能力。

闪电鸟：这不是寻常普通的鸟，头顶的羽冠如同利刃，一直长至尖尖的嘴巴处。羽冠下方是双熠熠生辉的眼睛，里面似乎蕴藏着超自然的力量。它那白色的羽毛光滑油亮，锐利的爪子跟剃刀能有一比，还像白金般发着光。闪电鸟扇动巨翅，能发出尖利的破空声。

魂武士 ① 暴风将至
The Gathering Storm

CONTENTS 目录

	引子 *Prologue*	1
第一章	不存在的课程 *The Nonexistent Subject*	3
第二章	奇怪的体育馆 *A Weird Gym*	15
第三章	变幻之石 *The Changing Stone*	25
第四章	催眠曲里的线索 *Clues in the Lullaby*	37
第五章	海豹人披风 *The Selkie Cloak*	47
第六章	闪电鸟 *The Lightning Bird*	55
第七章	另一只狐狸 *The Other Kitsune*	63

CONTENTS 目录

第八章	四灵兽 The First Four	73
第九章	迎战计划 Battle Plans	83
第十章	古书里的秘密 Secrets in an Ancient Book	91
第十一章	魔法号角奏响 The Magic Horn Is Calling	99
第十二章	狐狸牙齿项链 The Fox Tooth Necklace	107
第十三章	暴风眼里的交战 Battle in the Eye of Storm	115
	尾声 Epilogue	127

魂武士① 暴风将至 The Gathering Storm

引子 Prologue

　　一道红影在沙滩上掠过，脚步轻盈无声。他经过的地方，烟雾袅袅升起。这只狐狸每迈出一步，周围的雾气就变得更浓。

　　也许，这雾是从他的爪下冒出的。也许这不是雾，根本就是别的东西！

　　狐狸动作敏捷，头脑更是异常机敏。阴影之中，有什么东西正悄悄向他靠近，驱使着这东西的是仇恨，是报复。这东西无比强大，以至于威胁到整个世界。

　　好在狐狸的帮手就在不远的地方，狐狸能感觉到他们的存在：美洲虎的肌肉在浓密柔软的皮毛底下颤动着；头顶上方，闪电鸟扇动双翼发出雷鸣般的巨响；那滔滔白浪间，海豹人对大海里面所有的居民发号施令。狐狸还能感知到别的力量——邪恶的力量在接近他，一步步向前，无比冷酷。

　　这并不是势均力敌的较量——以四敌数百，数千，乃至上万。

但狐狸并没有停下脚步。命运在暴风之眼等待着他的到来。世上没什么力量,能阻止他投向自己的命运!

忽然,霹雳一声当头响,天空一下子暗了。

狐狸仍然继续向前。

第一章
不存在的课程
The Nonexistent Subject

麦克睁开眼睛，海滩不见了，雾霭消散，阴影渐渐淡去，只剩号角声还在耳边响着。然而，就连号角声也是不真实的。

"嘀嘀，嘀嘀，嘀嘀……"

这声音……这么熟悉……

麦克·木村挣扎着想要弄醒自己，然而梦的爪子却紧抓着他不放。不过在梦跟闹钟的比拼中，闹钟一向都是赢家。

麦克睁开眼睛，海滩不见了，雾霭消散，阴影渐渐淡去。只剩号角声，还在耳边响着。然而，就连号角声也不是真实的。这是麦克的闹钟声。闹钟声经过梦幻状态的大脑的处理，变得特别低沉。

这个梦真是怪异极了，他使劲回想梦里到底发生了什么事情。我是那只……狐狸吗？

但梦已经消散，就跟常常向柳树湾涌来的迷雾一样，难以捕捉。柳树湾是个海边小镇，麦克在这儿生活居住。

我看过太多的动物纪录片了，麦克摇着头想。在看电视这个问题上，麦克的爷爷亚基拉真是挑得很，除了自然纪录片，他对什么都不感兴趣。这种节目其实也挺有意思的，但麦克更想看的是超级英雄之类的电影。麦克在各种各样的事情上跟爷爷发生过冲突，每天晚上争抢遥控器是其中一种。有时，麦克真怀疑他们并不是有血缘关系的家人。

麦克昏昏沉沉地拍打着闹钟，直到闹钟不再"嘀嘀"地响个没完。在这样一个炎热晴朗的早晨，会听到闹钟刺耳的声音，原因只有一个：今天是开学的第一天。这些天麦克都在扳着手指数开学的日子，并不是他有多爱上学，暑假要是持续一整年他才开心呢。但是一开学，最好的朋友乔尔·哈斯丁斯就会从他爷爷奶奶的农场回来了。这个农场位于北部，乔尔在那儿过暑假。麦克真是每分每秒都在想念他。

麦克穿好了衣服，把背包往肩膀上一挂，慢慢地穿过走廊，来到了厨房。早餐正在厨房里等着他：一碗热气腾腾的米饭、一根香蕉、一份煎蛋卷，还有一碟银色的沙丁鱼。

"真琴，今天是个重要的日子呀。"麦克的爷爷布满皱纹的脸灿烂地笑着，"坐下，吃吧。"

麦克坐下，伸手去拿筷子。"我的名字是麦克，您忘记了吗？"他问。

爷爷注视着他，淡灰色的眼睛就跟风暴笼罩中的大海一样。"你喜欢叫麦克就叫麦克吧。"他淡淡地说，"我呢，想被叫作吉吉，你叫我吉昌也行。"

"好的，吉昌。"麦克忍住没叹气。吉昌是日本话里爷爷的发音。吉昌听着很亲昵，更亲昵的是吉吉，但小孩儿才会这样叫。不管怎么叫吧，麦克的日语发音都标准得很，这都是吉昌时时刻刻纠正的结果。

麦克拿筷子拨弄着鸡蛋，他真希望爷爷别那么顽固不化。他们并不是住在日本，事实上麦克还从来没有去过父母出生的那个国家呢。自从麦克的父母在车祸中去世，吉昌就来了美国，到现在差不多有七个年头了，可他却当自己仍然住在日

第一章 不存在的课程

本。这实在是怪极了：吉昌待在美国的日子越久，越是死守日本的传统。室内的丝绸屏风、精致的莲花池、后院的银杏树……家里不管什么，麦克都闻到了浓浓的日本味儿——除了麦克自己。

麦克拿起筷子，扒了些米饭进嘴里。鸡蛋、香蕉还好，至于沙丁鱼，他一小口都不打算吃。在七年级开学的第一天，麦克可不想自己浑身散发出鱼缸一样的气味。

跟往常一样，爷爷好像知道麦克在想什么似的。他拿筷子指着那条光泽闪亮的鱼。"吃鱼会变聪明。"他说。

"我，嗯，我饱了。"麦克回答道。

"那我多吃些吧。"吉昌把盛着鱼的瓷碟拉到自己面前。

"你会成为这条街上最聪明的爷爷。"麦克打趣道。吉昌听了微微笑着，麦克很得意自己把他逗乐了。

麦克隐约听到了校巴开来的"隆隆"声，他一把抓起香蕉，霍地站起来，弄得椅子刮擦着地板，发出"吱吱"的声响。吉昌皱起眉头，眼睛紧紧盯着麦克的脸。

"校巴来了。"麦克边伸手去拿背包边解释道。

吉昌点了点头，脸上的表情令麦克捉摸不透。"嗯，是校巴。"他说，"我也听到了。在学校玩得开心哟，真琴……麦克。"

"谢谢，吉昌。"麦克说。他打开纱门，蹦蹦跳跳地三步并作两步下了台阶。校巴停在了麦克家门前，他看到乔尔抢到了他们最爱的座位——右边第七排。

麦克上车时乔尔冲他大声喊："真琴，哥们儿！"他们伸出手来击掌，高一掌，低一掌，背对背再一掌。

麦克用手肘推了一下乔尔，说："我的名字是麦克，你忘记了吗？"

"对对，不好意思哟。"他耸起鼻子，调整眼镜的位置，"很难不叫错。真琴这名字太酷了，哥们儿，你干吗要改呢？"

麦克耸了耸肩。乔尔家祖祖辈辈六代人都居住在柳树湾，他轻轻松松就能融入同学们之中，这种事跟他解释不清。今年麦克终于受够了，不想再做别人眼里"那个怪名字的日本小孩儿"，他决定从七年级开始改名叫作麦克。

麦克伸手到背包里取出一枚信封，那是他一周前收到的，现在仍然好好的，没打开。

"你竟然能等到现在还没拆。"乔尔真是佩服极了，"我拿到信才十个小时，但已经被折磨得不行了。"

"那你该不会打开了吧？"麦克问。

"当然没有，"乔尔说，"你以为我会不按老规矩做，给我们招来厄运吗？"

麦克咧开嘴冲乔尔笑。从一年级开始，他跟乔尔就是死党了，至今都在同一个班。去年升入六年级时，麦克心里一百个确定，他们的好运气要到头了。结果实在令人意外，他们全部六门课程都是在一起上。

他们还能在七年级延续这种运气吗？

"准备好了没？"乔尔问，"1——2——3！"

两个男孩子同时把信封撕开了。麦克上下浏览着课程表。

第一节，英文；第二节，几何；第三节，地球科学；第四节，管乐课。还真是巧了，目前为止他们的课程安排完全一样。

"我第五节上社会学，"乔尔说，"然后就是午餐时间了。"

麦克点点头："我也一样。"

"第七节，体育课。"乔尔继续说，"你也一样，是不？"

麦克盯着课程表出神，上面赫然写着"体育研修课"几个字。他的脸沉了下去。

瞧他那一声不吭的模样，乔尔立即就明白了。"噢，不！"他哀叫道，"你是装出来的吧？"

"我有点儿糊涂。"麦克说，"研修是什么意思？"

乔尔一把夺过麦克的课程表。"哥们儿，这啥玩意儿？实验性的体育课吗？D.特里安又是谁？七年级的体育课不都是康纳斯教练一个人全包了吗？"

"难道是新来的老师吗？"麦克猜测道。这名字他听着熟悉，可是学校明明没有叫特里安的老师呀。

"想不到我们的好运气终于被体育课终结了。"他说，"真是晦气得很。"

麦克特不甘心。"可能搞错了呢。"他说，"我没听说过学校有什么体育研修课，从来都是只有体育课，肯定是搞错了。"

乔尔不以为然："没可能错得这么离谱吧。这可不是排印错误或者拼错了姓名的小差错。"

"怎么没可能？"麦克扭过身去，问坐在后面的艾迪和麦尔斯，"嘿，你们第七节的课程是什么？"

"体育课。"艾迪说。他身边的麦尔斯也把头点了点。

麦克向过道探过身去，问了朱丽叶和玛雅，接着问了伊森和里斯。他们都是上康纳斯教练体育课的学生，要么是第七节，要么是第三节。整辆校巴里叽叽喳喳地交谈起来，大家谈论着麦克与众不同的体育课。

乔尔摇着头说："哥们儿，别难过。"

"难过什么？"麦克强打精神，"现在我更肯定是搞错了。"

乔尔一听，一边的眉毛竖了起来。

"你用膝盖想想也知道，如果真有这门课，校巴上肯定还有别人分配到。"麦克拿出犟劲儿来了，"到了学校后我就去校总办公室，要求他们改正过来。"

"去试试也好。"乔尔说。

麦克又低头瞥了一眼课程表。满满一张纸，他眼里却只有"体育研修课，D.特里安，旧体育馆"这行字。越想他越觉得说不通，自打十年前造了一座更大的体育馆后，旧体育馆就没人再用了。麦克老是听到大家议论，说学校把旧体育馆翻修成温室，在里头新开设了一门园艺选修课。怎么可能把他安排在那儿上课呢？而且他从没听说过，柳树湾有个叫特里安的老师。

麦克眯起眼，又看了课程表一眼，心里嘀咕：D.特里安是谁？D是哪个名字的缩写？

多莉娜·特里安！——他脑子里忽然冒出了这个名字。

难怪他觉得这名字熟悉：多莉娜是吉昌的麻将牌友。每周四晚，吉昌都会跟三位老友聚在厨房的桌边打麻将。麦克喜欢这样的夜晚，因为可以把比萨饼当晚饭，想看哪个台就看哪个台。麦克很小就认识特里安夫人了，吉昌叫她多莉娜君。四天之前，在爷爷的麻将牌局上麦克才见到她。她一来就给了麦克一片柠檬，捏了下脸蛋叫他走开去玩，简直当他还是五岁的小屁孩儿。特里安夫人瘦骨伶仃，脸上深沟般的皱纹纵横交错，她来教体育课还真是这颗星球上的一大奇闻。况且她如果到麦克的学校当老师，怎么会一点儿口风也不漏呢？

有人打了麦克的肩膀一下，他这才回过神来。

"醒一醒！我们到了。"乔尔说。

麦克向身前身后一看，才发现已经有一半的同学依次下了车。麦克还得去把课程表改正过来呢，不抓紧时间的话，就来不及跟大家一起去学生集合室报到了。开学第一天就拖拉迟到，吉昌肯定没有好脸色。只要不用受他训斥，麦克情愿上刀山下火海。

他们随着川流不息的人群进了学校，麦克向乔尔打了声招呼："哥们儿，在集合室再跟你碰面。"走廊上的乔尔对他拇指一跷，继续往储物柜走去。麦克则转向了左边的校总办公室。但愿那儿可别挤满了人，麦克心想。

麦克运气真好，办公室里只有秘书洛根夫人一个。她抬起眼来，视线越过眼镜落在麦克身上，微笑着说："早上好，真琴。有什么事吗？"

麦克把课程表从后裤袋拿出，由于在校巴上大家争相传阅，它早变得皱皱巴巴的了。"我是为课程表的事来的，"他把课程表平铺在柜台上说，"第七节的课我得改成别的。"

"抱歉了，真琴。"洛根夫人瞅也不瞅一下，"课程是不许更改的。"

麦克没想到会被拒绝得这么干脆彻底，心里沮丧极了。

"但是……"他把差点儿冲口而出的话又使劲咽了回去。这些年来吉昌没少教麦克该怎么为人处世，人生头一次，麦克把吉昌这些说教当一回事了。

"我明白，洛根夫人。"麦克礼貌地说，"只是，我觉得你们可能搞错了。连体育研修课是什么玩意儿我都不知道，而且我那些朋友的课程表里，全是普普通通的体育课，都是康纳斯教练来上……"

还没等他说完，洛根夫人就大摇其头。"我们得按规矩办。"她解释道，"现在让你换，接着就会有第二个人提这种要求，然后大家都跑来了。如果谁都随心所欲安排课程，那时世界可不就大乱了？"

"但为什么把我分到体育研修课？"麦克问，"我根本都没登记过这门课。而且我问过很多人了，他们没有一个人上这门课……"

"我上这门课。"一个声音忽然响亮地说。

麦克一转头，看到菲奥娜·墨菲站在身后。"你也分到了体育研修课？"他惊讶地问。

"可不是？！"菲奥娜答道。

麦克又转向洛根夫人。"除了菲奥娜和我……还有别的人

吗?"他问。

她的视线越过电脑屏幕,朝他望来一眼,然后说:"本来这种信息我不该随便往外说,不过等你上了第七节课,也一样会知道……"

洛根夫人飞快地敲打键盘,盯着屏幕说:"第七节体育研修课:真琴·木村、菲奥娜·墨菲、贾瑞拉·里维拉,以及达伦·史密斯。"

麦克的两条眉毛竖了起来。自己跟菲奥娜、贾瑞拉、达伦难道有什么共同之处吗?他可一样也想不出来。菲奥娜超级聪明,聪明得令人感到恐怖,每一科为特尖生开设的快班她全都上了。至于贾瑞拉,柳树湾每个人都认为高中毕业前她就会去参加奥运会。她踢得一脚好球,为了实现目标总是一往直前。而达伦呢?每个人都喜欢他,并非由于他衣服最酷,住的房子最漂亮,而是因为他这个人特真诚善良。达伦虽说跟麦克并不熟悉,但每次在走廊遇见时,他都会微笑着朝麦克招招手。

"这个班简直就是胡乱拼凑在一起的嘛。"麦克说。

洛根夫人定定地望着他,笑容里透着怜爱。"就是胡乱拼凑的。"她答道,"体育课由电脑分配,我只是把结果打印出来而已。"

"但怎么这个班只有区区四名学生?"菲奥娜大声说,"还不如把我们分插到其他班去呢!"

洛根夫人脸色依旧,但笑容显得有点儿牵强了。"科目由副校长设定,电脑来分配学生,然后我把课程表打印出来寄出去。"听她的语气,仿佛同样的话她已经重复过了千遍万遍一般,"菲奥娜,你今天来这儿,我猜也是为了更换课程吧?"

菲奥娜摇了摇头说:"我的储物柜卡住了。"

"噢,"洛根夫人一听,松了口气,"这种事我能搞定。几号柜?我派管理员去瞧瞧。"

"507号。"菲奥娜答道。

洛根夫人一丝不苟地在记事簿上写下了。"好了,你们走吧,否则就赶不上点名了。"她虽然一脸的和蔼亲切,语气里却透着不容商量,麦克明白再多说也是多余。

"谢啦。"麦克和菲奥娜异口同声地说了出来。他俩对望一眼,咧开嘴笑了笑。麦克伸手去拉开了办公室的门。

他们大步流星往集合室赶去,到了走廊后,麦克问:"你的点名老师也是莫里森先生吗?"这时,虽然还有同学在储物柜边逗留,但已经散去了不少,只是三三两两的几个。怕在开学第一天迟到的,可不止麦克一个人。

菲奥娜点了下头。"他其实还算好的啦,"她说,"我听说威廉姆斯老师才真叫可怕,响了第一声铃后谁要是还在说话,她就给你记迟到。"

麦克摇摇头,心中叫苦不迭。

就在这时,有个男孩从菲奥娜身边撞了过去。

"嘿!"麦克大嚷一声。

那男孩脚步并没停下,只是转过头来抱歉地笑了笑。他是达伦·史密斯。"抱歉,赶着去报到!点名老师是威廉姆斯老师!"他边说边跑。

"难怪会慌成这样。"麦克转身问菲奥娜,"你没事

吧？"

"达伦冲来时吓了我一跳。"菲奥娜说。见麦克表情怪怪的，她又问："怎么了？"

"你的头发……"一句话没说完，麦克就忍不住"扑哧"一声笑了出来。菲奥娜脑袋上有几缕卷发，竟然直挺挺地竖了起来。"从你的发型看，你确实吓得够呛！"麦克咧开嘴笑着说。

菲奥娜用胳膊肘戳了戳麦克的肋部，然后把头发捋平。这时她听到了走廊的另一头传来了黛西·帕克、凯蒂·艾德尔和莉贝思·哈里斯的嗤笑声。柳树湾中学就数这几个女孩最酷，最受欢迎，也最刻薄尖酸。

"瞧这马尾巴组合，她们趾高气扬的样子真像得了便秘的马挨了主人一鞭子呢。"菲奥娜突然说。由于声音太小了，麦克都不知道有没有听错。

"你刚才是不是说——"麦克正要问个明白，但菲奥娜把手指放在嘴唇边，示意他别作声。看着她眼里流露出的调皮神色，麦克心中惊讶：谁想得到菲奥娜挖苦起人来还挺狠的呢。每个人都戏称莉贝思那伙人为马尾巴组合，因为她们总是把头发绑成马尾巴状——但麦克认识的人中，没一个人敢大声叫出来，更别提在这么近的情形下了。贾瑞拉·里维拉也是她们那伙的，这时她应该站在莉贝思身边才是，但麦克东张西望，就是没见她的影子。可真奇怪，他心想。可能她的点名老师也是可怕的威廉姆斯夫人吧，否则就是生病了。

还有什么原因，能使人连开学第一天都不来呢？

第二章
奇怪的体育馆
A Weird Gym

> 她有节奏地缓缓呼吸了十次,跟自己说要坚强,不管镜子里出现什么都别怕。然后,她再次睁开了眼睛……

贾瑞拉双手抓在水池边上,身体往前探去,把额头抵在凉飕飕的镜子上。她两眼紧闭,仿佛睡着了似的。贾瑞拉真希望自己还在睡梦中,这样一来等自己醒来后,噩梦也就随之结束了。如果这是梦,那它就算不是噩梦,也是世上最怪异的梦。

一,二,三。贾瑞拉在心里默默数着。她深吸一口气,凝视着镜子。镜里的眼睛也在凝望她,那双眼睛金灿灿的,不带一点儿白,夏天最炎热的日子里的太阳就是这种颜色。看着钻石形状的眼瞳,贾瑞拉不禁想起了猫的眼睛,黑漆漆的,仿佛无底深渊。贾瑞拉又闭上了眼睛,这时她的胃里忽然一阵抽搐。这双眼睛太怪异,太陌生,多看一眼都令她受不了。虽然这是一双漂亮的眼睛,一双散发着神秘色彩的眼睛,但绝不是属于人类的眼睛。我是不是产生幻觉了?她心里想。

"贾瑞拉!"她妈妈又大声叫,"快点儿!你要迟到了!"

贾瑞拉摇了摇头,抖擞一下精神。现在的她根本顾不上开学第一天就迟到这种事了。

"变,"贾瑞拉命令自己的眼睛,"变回原来的颜色。变。马上。"

她有节奏地缓缓呼吸了十次,跟自己说要坚强,不管镜子里出现什么都别怕。然后，她再次睁开了眼睛。

她真是大松一口气，高兴得差点儿就要哭出来了。

眼睛恢复原样了，她的眼睛还是那双普通、正常、毫无特色可言的棕色眼睛。这是双她妈妈称作"巧克力之吻"的眼睛。这是双跟她的妹妹玛莉莎一样的眼睛。贾瑞拉并非那种太过在意自己容貌的人，但此时此刻看着镜里的自己，她心中无比欢喜。

门忽然敲响了。

"米加？"妈妈叫着她的小名说，"怎么在里面这么久？没事吧？"

贾瑞拉对着镜子做了个鬼脸。现在妈妈不仅生气了，她的声音里还透着担忧。

"没事！"贾瑞拉大声说，"我就出去！"

贾瑞拉把水龙头开到最大，不断地往脸上泼冷水。然后把头发紧紧地扎起，绑成滑顺利落的马尾辫，自始至终她都紧紧地盯着镜子里的自己——看到眼睛依然还是原来的眼睛，她心里的石头终于落了地。

这时贾瑞拉忽然觉得，扎马尾辫不好。要是她的眼睛在学校变了模样（她真不愿意往这方面想，但还是强迫自己去想），把头发捋到脑后时，大家很容易就会发现她的眼睛有异样。

贾瑞拉把马尾辫扯散，让头发披在肩膀上。要是眼睛真的变了颜色，她可以低下头，用头发遮住。

门把手"咯吱咯吱"地响了起来。"贾瑞拉？"妈妈喊。

第二章 奇怪的体育馆

17

贾瑞拉关上水龙头,再看自己的眼睛最后一眼,正常,没事。她深吸一大口气,把洗手间的门打开了。妈妈和玛莉莎正站在走廊上等着她。

"抱歉啦!"贾瑞拉强提起精神,故作欢快地说,"我有点儿不舒服,但现在好多了。"

妈妈点点头,心疼地说:"是不是胃不舒服?这是神经紧张的原因,我以前也常常在开学第一天时心慌。但你的脸色倒是苍白得很……"她把手掌贴在贾瑞拉的额头上。贾瑞拉没有习惯性地躲开,而是站定让妈妈检查她有没有发烧。就跟小时候那般,妈妈说什么就做什么,那时妹妹玛莉莎还没出生呢。那时,贾瑞拉总觉得妈妈无所不能。但现在,贾瑞拉可不是个天真的小屁孩儿了。她忽然想起镜子里那双发着光凝视着自己的猫眼,不由得把头低了下去。

"没有发烫嘛。"虽然妈妈这样说,但贾瑞拉感觉得出,妈妈正在犹豫要不要把她留在家里休息。

"妈妈,我没事,能去上课。"贾瑞拉抢着说。难道仅仅因为眼睛有可能会再变得怪模怪样,就一整天躲在家里无所事事吗?另外,如果她不去参加足球训练,康纳斯教练肯定会火冒三丈。

"真能去?"妈妈问。

"能!"贾瑞拉说。

"好吧,"妈妈终于答应了,"出发,我送你去学校。"

贾瑞拉把背包往肩膀上一挂,就跟着妈妈出门了。走到外面的阳光中前,她停了一会儿。还是待家里吧,这样安全些……万一眼睛再变了样呢？

但贾瑞拉心里清楚，早晚得去上学，早晚要面对朋友们。

在学校挨到吃午饭的时候，贾瑞拉绷紧的神经才终于放松下来。现在她上完五节课了，眼睛依旧，一次也没变过。她心里非常肯定没有变，因为上课时老师一不注意，她就会朝粉盒里的镜子瞟一眼。为了能看得仔细些，甚至还在课间匆匆溜进洗手间两次。贾瑞拉端着午餐盘，朝惯常坐的桌子走去，这时关于眼睛的一切她全都抛到脑后了。这很好，因为她又得面对新的烦恼了：莉贝思旁边的位子，她常坐的那个位子被一个背包占据了。

这不是个好兆头。

贾瑞拉喊了声"嘿"，希望莉贝思一发觉她站在面前，立刻就把背包挪到一边去，希望这背包只是放错了地方。

莉贝思抬起头来。见是贾瑞拉，她的眼睛睁得大大的。是因为我的眼睛吗？贾瑞拉心中惴惴不安。要是眼睛变了，莉贝思肯定会发现。她这人细心得很，什么也瞒不了她。

"你……想坐在这儿吗？"莉贝思问。

"是呀。"贾瑞拉的回答听起来却像一个问题，"我可以坐这儿吗？"

莉贝思噘起了嘴巴。"但是……你都不来跟我碰面。"她说，"上课之前，你没到我的储物柜那儿来，而且我昨晚发了条信息说了头发的事，但你显然不当一回事——"

原来是因为马尾辫，难怪她一副惊愕不已的样子。这餐桌上的人全都扎着条马尾辫。贾瑞拉把盘子放下，一只手笨拙地把头发拢起在脑后握着。"我的橡皮筋丢了。"她连忙说。她想不到自己随口就说起谎话来。

"噢，"莉贝思说，她嫣然一笑，从手腕上扯下一根橡皮筋来，"你怎么不早说？"

贾瑞拉把头发绑成马尾辫之后，莉贝思立刻就移开了背包，她坐下来，往嘴里不断扒饭菜。只要嘴巴满满的，她就不必随着莉贝思嘲笑餐厅里的每个人。

午餐时间就要结束时，莉贝思伸出手来，以命令的语气说："把你的课程表拿来给我。"

贾瑞拉从背包里取了出来，顺从地递上前去。

课程表皱巴巴的了，莉贝思扫了一眼，鼻子皱了起来。"体育研修？"她问，"那是啥玩意儿？给体育特长生开的神童班吗？"

"给体育特长生开的神童班"这话贾瑞拉听着特顺耳，但可不能让莉贝思看出自己心中的得意——更何况，莉贝思那双淡蓝色的眼睛已经泛着嫉妒的光芒了。贾瑞拉大叹一口气，一副害怕下一节课到来的样子。"竟然是在旧体育馆上课，"她告诉莉贝思，"你想都想不到吧？真是太垃圾了。"

这样说就对了，莉贝思的表情立即从嫉妒变成了同情。"可怜的东西。真想不通旧体育馆这破烂货怎么还没拆掉！"

"就是！"黛西大声说，"早该废弃不用了！"

莉贝思冷冷地盯着黛西问："你插什么嘴？"

黛西把嘴巴闭得紧紧的，看样子她今天都不敢再多说一个字了。这时，贾瑞拉心中燃起了一股怒火：莉贝思算什么东西?她正要冲口而出些难听的话,然后就记起莉贝思是什么东西了:她是市长的女儿,柳树湾中学最受欢迎、最有势力的女孩。还有一个"最"也非她莫属,最刻薄。要是贾瑞拉说错一个字,就等着莉贝思令她的人生备受磨难吧!

把嘴巴闭上才是明智的选择。

就在这时,铃声忽然大作,午餐时间结束了。铃声来得正好,她怀着喜悦万分的心情逃出了餐厅。即使是在餐厅供应鱼肉三明治的日子,她也没这么渴望离开这个地方。

刚才莉贝思已经替她揭晓了,她下一节课就在旧体育馆里上。虽然在柳树湾中学,足球、篮球、垒球三种运动全都有她的份儿,但她一次也没进过旧体育馆,心里也没少嘀咕过:这座废弃不用的大楼黑魆魆的,大门还上了挂锁,里头到底是什么呢?

不过,今天那些锁倒是都不见了,里面灯火明亮。有位女士背着双手正站在大门前,她那紫色的束腰式上衣长及臀部,黑色的裤子朴实得很,黑白相杂的头发缠成一条大辫子甩在身后。那两只眼睛似乎能把贾瑞拉看穿,仿佛正在审视着她的灵魂。

"贾瑞拉·里维拉,"那位女士微微点着头说,"欢迎你。"

"嗨!"贾瑞拉奇怪她怎么会知道自己的名字,"这是……"

"进去吧,"那位女士打断了她的话,"其他人已经在里头了。"

贾瑞拉把门一拉，踏进了旧体育馆。往里迈进第一步后她就发现，自己大错特错了，这地方一点儿也不破旧，一点儿也不乱。里头干净又明亮，平衡木、跳栏、吊袋、黄色的攀爬粗绳、悬挂在天花板的吊环等器具全都亮铮铮的，看着跟新的没两样。室内的另一头还有个大型游泳池，清澈碧蓝的池水微微荡漾着。

真是太不可思议了，贾瑞拉心里惊叹着，脸上绽开了花一样的笑容。体育馆的设施太棒了，进行高强度训练再适合不过。这样的体育馆怎能一直锁着不给用？贾瑞拉非常肯定，柳树湾中学甚至都没人知道这个游泳池的存在，学校的游泳队如果要训练，总得坐巴士兜兜转转去用高中部的游泳池。旧体育馆竟能瞒天过海，保密得一点儿风声也不漏，这里头肯定大有文章。不过此时此刻的贾瑞拉可没工夫理会这些，她心里想的是：如果这是给体育特长生开设的神童班，那么我得赶紧加入！

这时站在大门前的那位女士也走进体育馆了，说："跟你的朋友们一起坐下吧。"贾瑞拉猛地转身，心里还以为，莉贝思、黛西、凯蒂这几个家伙也来了，看到身后没别的人，她绷紧的肩膀才松了下来。原来这位女老师说的所谓的"朋友们"，指的是里面的学生——麦克·木村，达伦·史密斯，以及菲奥娜·墨菲。贾瑞拉跟这几位生疏得很，离朋友这层关系还差十万八千里呢。

"好的。"贾瑞拉飞快地说，然后横穿体育馆向其他人走去，他们正一个挨一个坐在馆内仅有的金属长凳上。达伦挪了一下屁股，让出位置来，还对贾瑞拉笑了笑。这时贾瑞拉才发觉，旧体育馆里竟然没有看台，她的眉头不禁皱了起来，心中大惑不解。她出入过许许多多学校的体育馆，其实整个州就没有她不曾踏足的，但不设看台的体育馆只此一家。

女老师走了过来，站到长凳前，那锐利的目光似乎能洞察一切，大家不由得把身板挺得直直的。

"我是特里安老师。"她开口说道，声音虽不大，却传遍四面八方，从混凝土的墙壁上反射回来，仿佛她手中拿着扩音器一般，"这是体育研修班——至少，外面那些人是这样以为的。但你们应该知道并非那么一回事，是吧？"

我们知道？贾瑞拉心中疑惑，那硬邦邦的长凳令她坐得特不自在，把屁股挪了又挪。她有种奇特的感觉，这并非普通寻常的体育课……也不是什么给体育特长生开设的特长班。

菲奥娜挥着苍白的手，"体育课是必修课，否则不能毕业。"她说，"我们是不是获得了无须上体育课的特权了？"

"这么说也可以吧。学校里的人都以为你们在上体育课，"特里安老师解释道，"但你们要在这里学习的，远远不只体育这么简单。"

学生们全都默不作声了，等着她把谜底揭开。

"跟你们讲清楚这是怎么回事，并不容易，"特里安老师说，"根据多年来的经验，我发现最好的方式就是直截了当地说'你们是幻兽'，也就是人类眼中所谓的变形人。今天你们就正式开始修炼了。"

贾瑞拉眨眨眼睛，显然听得糊里糊涂，摸不着头脑……

她觉得老师肯定是在开玩笑……

变形人是啥玩意儿她甚至闻所未闻……

麦克猛地把手举起。"特里安老师,你在逗我们玩的对吧?"他问,"变形人听着是很酷,但就跟超人或者僵尸一样,根本不存在……"

"漫画书里才会有这玩意儿。"达伦嗤之以鼻。

菲奥娜站了起来。"我能不能转去新体育馆?"她问,"我可不希望拿到一张难看的成绩单。你说的那些听着全没个体育课的样子,刚才我说过了,要毕业就得上体育课才行,而且……"

接着发生的事情太过突然,在座的学生都惊呆了,没人能说清到底发生了什么。只见旧体育馆的灯光突然闪烁不定,忽明忽暗,似乎有什么强大的力量忽然而至,把电流给吸走了。空气中发出噼噼啪啪的响声。一阵凛冽的风吹来,把贾瑞拉的头发弄乱,似乎刮起了暴风。但这很没道理,他们在室内,哪儿来的风?

眼前忽地一阵光闪过,把贾瑞拉晃得直拿手挡住眼睛。她闻到了一股电线烧焦的刺激气味,心想这是起火了,慌得一颗心乱跳不止。

贾瑞拉把手放下,眼睛适应后,就急得到处寻找出口。

但她无处可逃,大门并没锁上,然而那儿却挡着个大怪物,贾瑞拉从没见过这么可怕的东西!

第三章

变幻之石
The Changing Stone

"我说过了,你们每个人都是幻兽。"特里安老师继续说,"幻兽是什么意思?幻兽可不是漫画里的玩意儿……"

　　这怪兽的爪子仿佛利刃，把冷冰冰的木板地面挠得"咔嗒咔嗒"响。它一身灰色蓬松的皮毛，底下的肌肉绷得紧紧的，一下一下地颤动着。怪兽转过身来，长鼻子直往外突，闪闪发光的眼睛瞪着学生们。

　　达伦曾经见过狼，去年冬天叔叔去打猎时带上了他，对于狼这东西，他见一次就够了。这只狼可怕得多了，比噩梦里出现的任何怪物都吓人。他本能地做出保护同学们的举动，把手臂挡在他们的面前。贾瑞拉却推开了他的手，达伦困惑地看了她一眼，接着心里就生出了第二个困惑：贾瑞拉的眼睛很古怪……那双眼睛的颜色，还有形状——

　　又是一道光闪来，把达伦晃得睁不开眼睛。在火花闪耀中，眼前的事物变得一片模糊。他使劲揉了揉眼睛，火花渐渐消失后，却发现那只怪兽没了踪影，原来的地方站着特里安老师。她凝视着大家，眼神平静而温和。

　　"现在大家终于能好好听我说话了，"她说，"那我就继续讲下去。菲奥娜，坐下。"

　　达伦瞟了一眼菲奥娜，只见她整个人都吓呆了，麦克扯了扯她的胳膊，她才缓过神来坐了下去。

　　"那就是我变身之后的模样。"特里安老师解释道，"你们一个个都好像丢了魂般，但我保证你们不会有任何危险……就算有危险，也不会是来自我。我知道刚才说的那些话，听着很荒唐。但有句老话是这样的：眼见为实。"

"我说过了，你们每个人都是幻兽。"特里安老师继续说，"幻兽是什么意思？幻兽可不是漫画里的玩意儿。"

特里安老师望向达伦，他紧张得满脸通红。

"你们每个人都能变成独一无二的动物，今天的人类以为只存在于神话与民间传说中的动物。变身后，你们就拥有了惊人的力量，这是一种普通人只有在梦中才能够拥有的力量。"

力量？达伦心里在嘀咕。现在他更肯定特里安老师满嘴都是疯话了，他唯一拥有的神奇力量就是一觉能睡到中午。

"在古代，我们跟普通人类生活在一起，开始的时候他们感激我们的保护和帮助，但最终也难免是这样的结局：人类与我们为敌了，他们害怕我们的力量。许多幻兽死去，但有些藏起来逃过一劫，继续繁衍下去。"

特里安老师住了嘴，凝视着学生们。达伦也盯着她看，他觉得老师说的那番话太荒谬了，根本不可能是真的。

"这段历史我们以后再说好了。现在，大家只需要知道一点，你们身为幻兽的秘密必须保守得滴水不漏——不只为了自己的安全，还为了我们所有人的安全……"

"等等。"

没人比达伦听到自己的声音更为震惊了，但是他生出了一肚子的疑问，必须得问个明白。说实在的，他真佩服别人竟然忍得住不开口。不管上什么课，菲奥娜总少不了要发表一番意

第三章 变幻之石

见，贾瑞拉也不是那种害羞得不敢当众说话的女孩，就连麦克也是个话匣子。但现在他们全都像哑巴般坐着，不知道的还以为他们一个个都是文文静静的孩子呢。

达伦以为特里安老师肯定得责骂自己乱插嘴乱嚷嚷了，想不到她却只是点了点头，然后问："什么事？"

"你怎么知道我们是……那啥幻兽？"他说，"你瞧，我们什么共同点都没有。为什么就是我们？你凭什么认定是我们呢？"

"自打你们出生的那天，我们就知道了。"她说，"幻兽是在家族里世代相传的。有时隔代，有时隔了好几代。有时女孩有这种能力，但她的妹妹却没有。这样的幻兽家庭少之又少，因此追踪起来并不难。当然，偶尔也有因为自发性突变而产生了新的幻兽家族。这类的幻兽很难追踪到，但我们会尽最大的努力去把他们找出来。"

菲奥娜举起了手。特里安老师对她点点头。

"理智告诉我这是不可能的事。"菲奥娜说，"这违反了我们已知的任何科学法则。可是我却看到……看到了……"

菲奥娜支支吾吾的，但特里安老师很有耐心，等着她继续说下去。

过了好一会儿。"我办不到！"她说，刚才看到的可怕一幕她提都不敢提了，"不管这是种什么样的能力，总之我没有。"

"你有，"特里安老师说，"虽然也许还没有显现出来，但相信我，你拥有这种能力。我们发现，大多数幻兽都是在十二岁至十三岁这段时间内经历第一次完全变身。当然，在完全变身之前，可能会先出现一些迹象，比如——"

达伦猛地转过身去，面对着贾瑞拉说："你的眼睛！我看到你的眼睛——"

他忽然住了口，因为他发现贾瑞拉的眼睛只是普通的棕色。

"你看到什么了？"她生气地说着，朝背包弯下腰去，拿出了一面小镜子，"我的眼睛正常得很。"

"贾瑞拉，你没必要感到羞耻。"特里安老师说，"这是上天赋予你的礼物。这种现象不会一直存在，你的身体不会总是失控地一点点地发生改变。在这个班里，你将学习怎么去控制这种天赋。我向你保证。"

贾瑞拉一声不吭了，达伦看到她把镜子放回了背包里。

菲奥娜又举起了手。"那么……你是哪种幻兽呢？"她问。

进体育馆这么久，大家第一次见到特里安老师的脸上浮起了一抹笑容。"你不知道吗？"她问，"我想真琴肯定知道。"

"狼人，对吗？"麦克猜测道，"还有，你能不能叫我麦克？"

特里安老师点了点头。"你爷爷没少抱怨你老看漫画书，认为简直就是浪费时间，但我跟他说他大错特错了。"她说。

"我们全都是狼人吗？"达伦问，这次他忘记举手了。

她是狼人，大家理所当然也是，然而特里安老师却微笑着否定了。"当然不是。"她从地面拿起一个皮革做的小背包，又说，"你们想知道自己是哪种幻兽吗？"

虽然满肚子都是疑惑，但这几个孩子仍然兴奋得嚷了起来。

特里安老师小心翼翼地把手伸进皮革包里，取出一个精致的盒子。盒子由枫木制成，银白色，雕刻着花纹。

特里安老师优雅地蹲坐于地面上，学生们围了过来，全都默不作声，看着她小心谨慎地把盒盖掀开。达伦伸长了脖子，看到这盒子用暗蓝色的丝巾来做衬垫，里面盛着颗圆溜溜的石头，石头挺大的，一个餐盘刚好装得下。这颗石头并不透明，整颗都是奶白色的，然而达伦盯着它时，却好像看到了灰、银白、淡紫这几种颜色打着旋儿一闪而过。他猛然醒悟，这并不是普通寻常的石头，在它冷冰冰的坚硬外表下，甚至似乎有生命在颤动着。

"这是月光石。"特里安老师没等大家开口问，就先解释说，"这是真正的月光石，是每隔一千年永恒之月满月的时候，在月光之下施展幻兽魔法锻造出来的。我们把它叫作'幻石'，全世界仅有两颗。来，拿去，凝视着幻石的深处，然后你们的真身就会显现出来了。"

没有一个人上前。达伦瞥了一眼其他人，他们的脸上混杂着惊恐、渴望、好奇的表情，不用照镜子他也知道自己保准跟他们是一样的神色。他正要自告奋勇上前一试，麦克却先站了出来。

"我先来！"他喊了一声，大摇大摆地向着月光石走去。

"留神点儿,别把它掉到地上了。"特里安老师提醒他,"不管月光石显现出来什么,都不要害怕。"

"这有什么好怕的?"麦克嗤之以鼻。但达伦却觉得,麦克有些装腔作势,也许他并没表面上那么勇敢。

麦克坐下,双手捧着幻石。好几秒钟过后,幻石忽然射出一束光,那光闪烁着晃动着,在麦克的头顶上方化为狐狸的形状。这动物可怕极了,长长的尾巴毛茸茸的,眼眸出奇的明亮。狐狸红色的毛发根根直立并且散发光芒,最不可思议的是它的爪子,竟然燃着火焰。

"这是火狐,"特里安老师说,"在日本的传说中,火狐会飞翔,能使人产生幻觉,能控制火……除此之外,还有很多别的本领。"

麦克嘀咕了一句:"那是我的梦想!"

"下一个是贾瑞拉。"特里安老师说。

贾瑞拉修长的手指刚抓住幻石,一头威风凛凛的美洲虎就显现了出来,身上那黑色的毛发让人想起没有月亮的夜晚,四个脚掌软乎乎的,仿佛天鹅绒,正一下一下地迈动着。它那金光闪闪的眼睛盯着孩子们,这样一双眼睛达伦并不陌生,几分钟前他才在贾瑞拉的脸上亲眼目睹过。

"这就是阿兹特克人神话传说中的纳华尔,"特里安老师说,"它来自中美洲,主要是墨西哥,大多数纳华尔都化身为狗,成为美洲虎的很少,黑色的美洲虎更是少之又少。"

特里安老师顿了一下,似乎是给大家时间好好消化。"纳华尔力大无穷,跑起来风驰电掣,具有非凡的自愈能力。"她

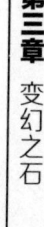

第三章 变幻之石

继续说，"而且具有进入别人梦境和头脑中的本领。"

过了好一会儿，贾瑞拉抬起头来。达伦一眼就瞅见，她两只眼睛金光闪闪。发现这点的，可不止他一人。

"你的眼睛！"麦克喊道。

贾瑞拉慌得要命，连忙把幻石塞给了菲奥娜。

"没什么好怕的，贾瑞拉。"特里安老师安慰她。不过这时，贾瑞拉的眼睛已经变回了棕色。

菲奥娜大吸一口气，手捧幻石定睛凝视。这次从幻石里迸射出了不同的光，这光给人湿淋淋的感觉，如同阳光在海面上的倒影。

突然间，只听耳边"哗"的一声，达伦似乎有种海水溅到脸上的感觉，而且这种感觉还挺真实的。映入他们眼帘的是一只灵巧敏捷的动物，它在水中跃出跃入，速度之快只能看到一道灰色的影子。接着它忽然停了下来，直直地瞪着达伦，黑亮黑亮的眼睛散发出智慧的光芒。

"这是海豹人。"特里安老师说，"来自爱尔兰和苏格兰的海岸，海豹人通晓魔法，附近如果出现幻兽或者魔族，它都能感知到。它们的歌声中蕴藏着魔法，能控制潮起潮落，呼风唤雨，甚至可以汲取别人的魔法。"

菲奥娜把幻石递给了达伦。这时，她的眼睛闪闪发亮，看着很古怪。达伦没想到幻石会如此沉重，双手捧着这块晶莹的石头，不知所措地坐着。"嗯……接着怎么做？"他问。

"盯着它就行了。"特里安老师说，"剩下的事就留给幻石来完成。"

达伦低头凝视乳白色的幻石，但什么事也没发生。随着时间一秒一秒地流逝，达伦紧张得项背阵阵发麻，就像明天要考试了今天却发现忘记了复习，以及爸妈吩咐的家务活儿一件没干好时的感觉一样。他们搞错了，达伦郁闷地想，我根本不是什么幻兽。

他正要把幻石放下，突然之间，手却好像跟幻石融为一体了。只见光芒摇曳闪烁，先是散射开来，接着收起成一个光球。又过了好一会儿，就在达伦焦躁不已时，一只鸟从幻石中一飞而起。这不是只寻常普通的鸟，它头顶的羽冠如同利刃，一直长至尖尖的嘴巴处，而在羽冠下方是双熠熠生辉的眼睛，里面似乎蕴藏着超自然的力量。它那白色的羽毛光滑油亮，但靠近巨大的翅膀处，颜色由白转灰和黑了。最吸引他的是鸟爪，爪子的锐利跟剃刀能有一比，还像白金般发着光。

这鸟扇动巨翅，盘旋着飞向天花板，接着猛地掉转鸟头，发出震耳的尖叫声。大家都捂住耳朵，但达伦没有，他仍然捧着幻石无法脱手。接着可怕的一幕发生了：只听得耳边"噼里啪啦"爆响，鸟爪忽然迸出了一道道炽热的闪电，向着幻石还有达伦击来。虽然吓得大惊失色，但这时的达伦还算清醒，心知要是闪电打中了幻石，那么就等于给自己执行了电刑。

天哪！他心里惊叫一声，接着手指忽然发软，幻石就从指间滑脱了。

这一切来得非常突然。

菲奥娜直喘粗气，转过头去不敢看。

特里安老师不知用哪颗星球的奇怪语言大吼了一声，然后

第三章 变幻之石

朝地面扑去，把那颗石头接住，差一点儿它就要砸在地上了。

鸟消失了，无踪无影，就跟它出现时一样突然。体育馆里一片沉默，这压抑的气氛笼罩着达伦，笼罩着里面的每个人。达伦忽然感觉项背直发麻，大家都盯着他看呢，只有特里安老师慌里慌张地在反复查看幻石是否完好无损。我不是故意松开手的，他在心里为自己辩白，这只是意外。

"还好没事，"过了好一会儿，特里安老师说，"真是谢天谢地。"

虽然幻石完好，一点儿也没有弄坏，达伦仍然低声说了句"对不起"。

特里安老师似乎没听到一样，继续介绍道："这是闪电鸟，来自南非的部落，它拥有很多本领，最厉害的本领是影响天气。它拍拍翅膀就会雷声大作，我们刚才也都看到了，那两只爪子还能射出闪电。"

达伦把双手举在眼前，惊讶地打量着，手指甲早被他咬得不成样子了，这个坏习惯他老改不掉。自己能用这些指甲射出闪电？他觉得这实在是太荒唐了。

"这就是与幻兽有关的一些秘密。"特里安老师继续说，"现在这儿有一只火狐、一只美洲虎、一只海豹人，以及一只闪电鸟。从明天开始，我们就按计划进行训练……什么事，麦克？"

达伦向麦克望去，他正急不可耐地挥着手。"我们今天能变身吗？"他问。

"这恐怕不行，"特里安老师答道，"变身因人而异，没有规则可言,没有步骤可以遵循。"

麦克的脸上闪过一丝不悦。"你就不能直接告诉我们变身的方法吗?"他追问。

"没人能告诉你怎样变身。"特里安老师耐心地说,"我能告诉你怎样使心脏跳动吗?我能告诉你怎样使骨头生长吗?我告诉不了,然而你的心却每秒都在跳动,你的骨头却暗自在生长。变身也是一样,等你具备了条件,就自然而然会变身了。"

这样的答案麦克听了很不满意,达伦心里也是一样的感受。大家正要问个明白,特里安老师却转身面向菲奥娜。

"但你不同,"她继续说,"海豹人无法自己变身,得要——"

"一件海豹皮披风。"菲奥娜轻声说,"这我知道。"

特里安老师的眼睛忽地一亮。"你知道?"她问。

"我妈妈,"菲奥娜说,"小的时候,妈妈常跟我说活动于爱尔兰海岸的海豹人的故事,我还记得她给我哼过的催眠曲呢,'瞧呀,可怜的海豹人,独自漂浮,在那悬崖脚边,寻找她的披风……'"

菲奥娜的声音渐渐低了下去,脸上泛起了红晕。她有一副好嗓子,达伦不知她为什么会觉得不好意思。

"她还告诉过你什么?"特里安老师问。

"没了,真的。"菲奥娜盯着地面说,"我三岁时她就去世了。"

体育馆里好久没人说话。

第三章 变幻之石

"海豹人一生下来，就有件独特神奇的海豹皮披风，"特里安老师开口打破了沉默，"没有披风，就只能永远保持人身。我敢肯定，菲奥娜，你并没有这种披风对吧？"

菲奥娜摇了摇头。"没有披风。"她承认道。

"嗯，没有。"特里安老师说，"如此看来，对于菲奥娜，你变身的第一步就是找到披风。没有披风，"特里安老师摊开双手，"一切只是空谈。"

特里安老师语气特严肃，像铁一样硬邦邦的。达伦等人听出了异样，于是格外留起神来。

"但是，"菲奥娜迷惑不解地问，"披风在哪儿？为什么，为什么我没有披风？"

特里安老师叹了口气。"有人会出于好心，盗走海豹人的披风，把它藏起来，这是常有的事情。"她字斟句酌地说，"我可以保证，盗走披风的一定是非常爱你的人。也别管是谁拿走的了，现在的问题是如果没有披风，你就会永远困在人身里头，不能变身为另一个自己，这你也无所谓吗？"

第四章
催眠曲里的线索
Clues in the Lullaby

菲奥娜踱回厨房,但心里并不抱希望,披风这么重要的东西,哪会藏在烤箱顶或者冰箱后面呢?她拿拳头不断捶墙壁,查看是否存在暗格,但是一无所获!

铃声忽然响了起来,但没人动。"今天说的每件事,千万不可外传。"特里安老师提醒大家,"我们明天见吧。"说完她转身出去了,留下大家在体育馆里。

"这一切都是真的吗?"先打破沉默的是菲奥娜。

"我知道自己没有眼花。"达伦说,"我确实亲眼看到她变成狼了。贾瑞拉,就算她在耍把戏吧,可是你的眼睛确确实实……"

贾瑞拉叹了口气:"现在看来,我的眼睛并不是无端就变成那个样子的。"

大家震惊不已,仿佛丢了魂般呆立着,这时麦克脸上却绽开了大朵的笑容:"各位,我们拥有超能力!难道你们心里,就没有一点点兴奋吗?"

"也许是吧。"贾瑞拉犹犹豫豫地说,"谁知道呢?说不定以后在足球比赛中我就能大显神威了,要是能跑得更快,跳得更高,像只美洲虎般强悍……想想就觉得妙极了。"

"但我实在搞不懂。"菲奥娜插嘴说,"幻兽的超能力怎么会潜伏这么久?最初又是什么原因使得幻兽躲藏起来的?特里安老师只说了个大概。必定是出了什么冲突,或者有谁从中使坏,使人类跟幻兽反目为仇……"

"特里安老师留下的问题比答案多呀。"达伦说,"估计得等到明天,才能问个明白了。"

几个孩子交换了手机号码,说好一旦有异常,就发短信告诉大家,然后就分头各走各路了。

把书本从储物柜取出后,菲奥娜上了校巴,坐到老位置上:最前排,司机后面的座位。从上幼儿园第一天起,她就坐定这个位置了,她总是一个人孤零零的。以前没人愿意坐到自己身边,她总是很失落。但如今,她一点儿也不在乎。一个人坐,有的是地方放书,在车上提前就可以把作业做了。巴士开到最后一站就是菲奥娜的家,那是一座小木屋,跟海滩只隔了一个街区。

她是第一个到家的人,不过这很正常。爸爸也是今天开学,他在新布莱顿大学教英文,那儿离家有一个小时的车程呢。但她心里还是希望,有个人在家里等着自己,问问她开学第一天都碰到了什么新鲜事。

作业在巴士上已经搞定,于是她干脆把书包挂在前门的挂钩上了。她打量着餐具室,里头的食物少得可怜。爸爸忙着备课,连周末也没闲工夫去杂货店。菲奥娜倒是看见了一盒面条,以及一罐番茄酱。太好了,她心想,晚餐随时可以上桌。番茄酱配面条,在她爸爸眼里可不是什么美味佳肴,但好处是不费时间,菲奥娜三两下就能弄好。爸爸老是说,不能把时间浪费在做饭上,耽误了做作业。我的作业是找到自己的海豹皮披风,菲奥娜对自己说。

可是,上哪儿才能找到这玩意儿呢?她心中一片茫然。

第四章 催眠曲里的线索

要是知道披风长什么样子，那还好办些。不过好消息是，她跟爸爸住着的这座舒适的木屋很小很小，在爸爸回来之前，她就能把它搜个遍。

菲奥娜清楚得很，自己的房间里绝不会有披风的踪影：里面被她打理得井井有条、整整齐齐。客厅找起来也毫不费劲，那儿只有一张沙发、两把舒适的旧椅子、一排书架、一台电视。菲奥娜掀起破旧的羊毛地毯，看到的只是光溜溜的木地板。她把每块地板都敲过了，看是否有松动的。如果要把东西藏起来，塞到地板下面似乎是个很好的选择。但每块地板都钉得牢牢的。

菲奥娜踱回厨房，但心里并不抱希望，披风这么重要的东西，哪会藏在烤箱顶或者冰箱后面呢？她拿拳头不断捶墙壁，查看是否存在暗格，但是一无所获。

现在只剩下阁楼和爸爸的房间了。菲奥娜的手指叩着嘴唇，陷入了沉思中。阁楼……可能性倒是挺大。阁楼到处是灰尘，装满了各种废弃物品——旧作业本子、坏掉的家具、爷爷收集的唱片。要进阁楼菲奥娜得去扛来梯子，这么一折腾可能没等她把阁楼翻遍，爸爸就到家了。到时他又得问："你干吗在阁楼里呀？"现在她可不想回答这样的问题。

于是，她决定先到爸爸的卧室里去寻找。

经过正对大海的大凸窗时，菲奥娜往车道望了一眼，仍然不见爸爸的车子的踪影，于是她继续向卧室走去。爸爸虽然从来没有说过，不许她进他的卧室，但她心里清楚，倘若知道自己在他房里翻这翻那，他可不会高兴。

她先从衣橱开始。里面有工作制服、上教堂穿的衣服、周末穿的衣服——全都叠得整整齐齐。最底下的抽屉不知放着什么，因为它卡住了。菲奥娜使劲拉了又拉，抽屉始终纹丝不动。她在心里嘀咕：是不是锁上了？但没见锁孔呀！

菲奥娜又猛拉了一下，这次抽屉突然弹出，她收不住劲直往后摔去。数十张发黄的照片漫天飞舞，如同雪花般在她周围盘旋飘落。照片多得数不过来，这些照片她竟然一张都没看过。

当然，她立刻就认出了照片里的爸爸妈妈。爸爸没怎么变，只是以前头发较黑而已。至于妈妈……她那张面孔不管出现在哪儿，菲奥娜都能一眼认出。照片里的她跟菲奥娜记忆中的一模一样，这九年来妈妈的样子在她脑海里始终没有变过。这就是死亡，菲奥娜心想，死亡令时间停止。

菲奥娜蹲在地上，浏览每张照片，对于她来说，时间在这一刻似乎真的凝固不动了。她能轻轻松松就把数学方程式和英文单词记住，此时细看这些照片，也要把它们像方程式和单词一样在脑子里烙下。有一张拍摄地点离木屋不到一百米，是爸妈在婚礼当天拍下的。照片中的他俩眺望着远方，太阳那时正落入大海，光彩夺目至极。有一张是妈妈抱着婴儿时的菲奥娜。有一张是菲奥娜第一次骑三轮脚踏车，爸爸在一旁帮她。菲奥娜最喜欢的是这张：海边一个小小的海蚀洞里，妈妈正搂着她坐在一块平整的巨大岩石上。跟妈妈在那儿相依而坐的情景，到现在仍然历历在目，每当想念她时，菲奥娜就跑到大巨石那儿坐一坐，感受一下妈妈的气息。

怎么之前我从没见过这些照片呢？菲奥娜心中奇怪。在客厅或者卧室里挂一张妈妈的照片，那该有多好呀。这样妈妈就仿佛天天在眼前一样，不必在记忆中苦苦回想。不知什么原因，爸爸却把它们藏在谁也看不到的地方。准确来说，并非谁也看不到，因为他自己知道照片放在哪儿，只要想看随时能看到。不对，他这样做其实是不想让菲奥娜看见。

这个想法使她心烦，感到各种不痛快。千头万绪之际，她忽然又意识到：瞒着她的秘密并不只这些照片。她心想，爸爸或者妈妈，甚至两个人多年来可能已经知道我真正的身份了。

菲奥娜苦恼极了，身子不禁往后一退。他们打算过告诉我吗？妈妈是不是把这个秘密带进天堂了？爸爸呢，他知道吗？

是他们把我的披风藏起来了吗？

这些问题的答案是什么？自己真的想知道吗？菲奥娜并不确定。而且，她也没时间去琢磨了，这时外面传来了"咯吱咯吱"的声音。她家的车道铺着一层碎贝壳，爸爸开车回来，轮胎压在上面总会发出一连串的响声。菲奥娜慌忙站了起来。她本以为时间还早着呢，要是爸爸发现她在这儿，而周围乱七八糟地撒着那些藏起来的照片……

菲奥娜三下两下就把照片全塞回抽屉里，除了妈妈跟她在巨石上那张，被她插到后裤袋里了。少了张照片，爸爸肯定不会发觉的。现在菲奥娜拥有了一张，仅仅一张妈妈的照片……

她匆匆跑到厨房，连气都喘不匀了，这时爸爸刚好打开了家门。他吹着口哨。

"噢！"菲奥娜故作惊讶地嚷道，"我打算煮面条，却忘记烧水了……"

"不要紧，小菲。"墨菲先生说着，递给她一盒比萨饼，"你没看到我的短信吗？"

菲奥娜摇摇头："我，嗯，把手机忘在背包里了。"

"今晚我们得庆祝一下！"他说，"七年级的第一天，这可是个大日子呀。"

爸爸朝水池点了下头："去把手洗了，我来摆饭桌。"菲奥娜笑得很开心。爸爸又吹起了口哨，这个曲调她再熟悉不过了，小时候妈妈每晚都会给她哼唱，已经深深地烙进了脑子的深处。这么多年过去，她竟然还记得歌词。至少这几句她并没有忘记——

冷冰冰的沙洲间岩石林立，
水面泛起泡沫，
这里有礼物等着我的小宝贝，
它将把她带回家，
来到我身边。

几分钟后爸爸走进厨房，此时菲奥娜还站在水池边，双手放在水龙头下茫然地搓着。爸爸"呵呵"地笑，探过身来把水关了。"都搓掉皮了。"爸爸取笑她。

菲奥娜挤出笑容来。"哦，"她说，"我洗着洗着就出神了。"她没有对爸爸道出实情。就在刚才，那首失传已久的催眠曲令她灵机一动，她觉得自己或许找到答案了。

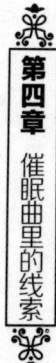

第二天清晨，天还没亮，菲奥娜就醒来了，在灰蒙蒙的天色中穿好了衣服。她蹑手蹑脚、悄无声息地出了家门。海鸥叫声尖锐，仿佛在召唤她。片刻间，菲奥娜来到了一条熟悉的小路上，她一路跑过去，经过那片由于咸涩的浪花常年侵蚀而长得特别低矮的松树林，下了遍地是沙子的悬崖，径直向海蚀洞而去，来到了巨石前。

洞穴里冷飕飕的，湿气很重。满潮之时，海水会不断灌进幽暗的洞穴，淹到菲奥娜从不敢踏足的最阴暗的角落。

不过现在是低潮的时候，巨石干燥无水，周围的沙子也一样。几百年间潮起潮落，将这块巨石冲洗得光滑如镜，菲奥娜把手掌按在上面，闭上了双眼。倘若能再跟妈妈坐在这儿，她可以付出任何东西，不管什么都愿意。

但菲奥娜知道，这是永远都不会发生的事情。她张开眼睛，从口袋里取出一把大餐勺，那是出门前她偷偷从厨房里拿来的。小铲子当然更好使，但她不想浪费时间跑到库房里找。

她挖起巨石脚边的沙子来，嘴里轻声哼着歌。虽然洞穴里回响萦绕着的是自己的声音，但她却感觉如同在倾听妈妈很久以前的哼唱。不断地挖，不停地铲，在这一挖一铲的节奏中，她仿佛受了催眠般，没多久就恍恍惚惚了。连大餐勺的刮擦声，太阳升起海面发出的灿烂光辉，甚至潮水拍打着脚踝浸湿了的鞋子，她也浑然不觉。

突然之间，传来"嘭"的一声响。

大餐匙撞击到了沙底深处的硬物，不是金属，也非岩石，而是打中了坚实的木质物体后发出的声音。她心头不禁一震，丢下大餐匙，徒手挖了起来。她大把大把地将沙子掏出来，最终一个箱子映入眼帘。它由灰棕色的浮木制造而成，黄铜的铰链都腐蚀生锈了。她心中十分惊讶，想不到要找的东西，竟然一直静静地躺在自己常坐的巨石边。

又挖了一会儿，菲奥娜把整个箱子从海沙中拔了出来。扳开木箱锈迹斑斑的扣子时，她的一颗心都提到嗓子眼了。里头那堆灰溜溜的物体看似普通，但在菲奥娜眼里却是世间最美丽的：这是她失去多年的披风。它如同天鹅绒般光滑柔软。菲奥娜轻轻一抚摸，立即就听到风中送来阵阵歌声。虽然这歌不知是什么语言，曲调听着就跟时间一样古老，但菲奥娜却晓得这歌声在召唤自己做什么。她把披风披在肩膀上，然后慢慢地，迈着坚定的步子向着大海而去。

现在她唯一想做的事情，就是投向大海的怀抱。

双脚一踏近水边，她就不再是自己了——至少，不再是那个人身的菲奥娜。头脑虽然还是原来的头脑，但也渐渐地意识恍惚了。她是在步行？她是在游泳？菲奥娜不知道。能肯定的只有一件事，这一生之中，她从没像此时此刻般自由。海水冰冷，浸泡在里头她却感觉如同洗了个热水澡般舒畅。化身为海豹人的菲奥娜在滔滔大海中像支利箭般穿梭，欢快地随着波浪跳跃起舞。她张开嘴巴笑，听到新嗓子发出的是如同树皮剥落般的刺耳声音，又笑得更大声了。谁会在乎岸上那愚蠢的人类世界呢，闹钟、校巴，还有装满作业的书包，全都讨厌死了。大海波澜壮阔，动听愉悦的歌曲在心底回响，强壮的尾巴只需

第四章 催眠曲里的线索

轻轻一摆就能产生惊人的推进力,把她送到水流所至的任何地方……这些才是她想要的,比天堂还要快乐,完美无比。

有一个想法,忽然从她的心头冒出。

不如,就永远待在大海里吧。

第五章

海豹人披风
The Selkie Cloak

菲奥娜在水里自由自在地穿梭,但水面之上的声音,她仍然听得一清二楚。她听到大家站在池边,鼓掌喝彩,欢呼着她的名字。

"菲奥娜!"

一个声音随风而来,穿透海水,在菲奥娜圆圆的海豹耳朵里回响。她认得这声音,是爸爸在叫她,他正站在一处俯瞰大海的悬崖上,那儿遍地是岩石。

"菲奥娜!"

这回她能清楚地听出爸爸声音里的恐慌了。永远待在大海里做只海豹的想法,立刻烟消云散了。

身为海豹人,菲奥娜能在水底长久地屏住呼吸,她潜到水下,一直游出了爸爸的视线。他仍站在原处,张望脚下那片海滩,寻找菲奥娜的身影。菲奥娜爬上了岸,扭动身体挣脱披风,脱掉它比穿上困难得多了。把披风剥下来时,她感到四肢莫名地疼痛。在疼痛中她终于恢复了原来的样子,有两只手,有两条腿,鳍状肢消失了。

"菲奥娜!菲奥娜,你在哪里?"

菲奥娜的手指冻得直发抖,她颤抖着把披风折叠成四四方方的"豆腐块",塞到还在滴着水的毛衣底下。然后她拖着沉重的步子往悬崖上爸爸的方向走去,衣服全都湿透了,不过这样正好,披风藏在下面更难以发现了。现在菲奥娜找到了自己的披风,她决定从此不管怎样,都不会再跟它分开。

"菲奥娜！"

"爸爸！"她嚷道，"我在这儿！"

爸爸惊叫出声："菲奥娜！你浑身上下都湿透了！"然后他急忙朝菲奥娜跑去，把自己的夹克披在她肩上，"我的天，出了什么事？你怎么会在海里？"

"我——我不小心掉进海里了。"菲奥娜说。她真不想对爸爸撒谎，而且她这个谎实在太烂了，烂到她说出来时差点儿就咬了舌头。本来见到菲奥娜，爸爸放下了心里的大石头，但此刻他脸上的表情又由欢喜转成怀疑了。

"你不小心掉进海里了？"他重复着她的话。

果然没错，这种谎言谁也骗不了，菲奥娜在心里说。她觉得自己真是昏了头，竟然以为爸爸会相信这么没水平的谎言。

"你知不知道自己会丢了命？"爸爸继续说，"刚才到哪里都找不到你，可把我吓死了，但现在我被吓得更厉害了。你明知道不该一个人到海里游泳！没有大人陪着，你甚至都不能跑到海滩上去。这儿没有救生员。一旦涨起潮来——"

爸爸激动得嗓音都变了，把菲奥娜数落得低头望着地面。她心里是双倍的惭愧，因为她不但把爸爸吓了个半死，还对他撒了谎。"对不起，爸爸。"她低声说。就在她道歉时，毛衣底下的披风滑动了一下。然而，她并非因为找到了披风而道歉，也并非因为披上了它，更不是因为为了另一个自己。要是能把一切向爸爸诉说就好了……但菲奥娜明白这是不可能的事。

"你得向我保证，以后没有我陪着决不踏入海里半步。"

爸爸说。

"但是爸爸——"

"别但是了,菲奥娜。快保证别再这样了。"

我做不到!她伤心地想。菲奥娜转身眺望大海,在那里她感觉无限自由,浑身充满了生机。菲奥娜离不开大海的怀抱,给她什么都不愿意。她凝视着那粉红的日出,只见万道金光,洒在滔滔白浪上面。这时她似乎看到,海浪中有什么东西在隐隐现现。那是什么?她眯起眼睛,想看得清楚些。

那是只赤褐色的海豹吗?她看到水面露出个脑袋,黑亮的眼睛正注视着自己。

"保证别再这样了,菲奥娜。"爸爸又重复了一遍,伸手去拉菲奥娜的肩膀,轻轻地把她扳过来面对着自己,"这是个很严肃的问题!"

"我保证。"她说着又掉转头去凝视大海。先前赤褐色的海豹——如果那真的是只海豹,已经失去了踪影。

墨菲先生把菲奥娜拥在怀里:"这才是我的乖女儿。要是你出什么事的话……"

"我不会有事的,爸爸。"她说。这一刻,向爸爸许下的不去海里的诺言,不再是压在她心底的大石。解决这个问题其实容易得很——在自己是人身时就离大海远远的就行了。

当她化身为海豹人时呢?

那可就是另一回事了。

到了学校后,菲奥娜朝着旧体育馆跑去,背包被她抱在了怀里，仿佛那是一碰就碎的贵重东西。"我找到了！"她兴冲冲地喊道，"我找到披风了！"

"这么快？"特里安老师惊讶地问。

菲奥娜点点头。"就埋在我家附近的海滩下。"她解释道，"也不知怎么就想到要去那儿找，总之我不停地挖呀挖，最后挖到了一只木箱子——"

"它在哪儿？"麦克插嘴问道。

菲奥娜得意地拍了拍背包："在这儿呢。"

"你竟然把它带到学校？"贾瑞拉问。她的语气使菲奥娜听了不大高兴。

"当然了，"菲奥娜高声说，"我绝不会再跟它分开。"

贾瑞拉正要说些什么，特里安老师抢先说道："这是海豹人很常有的心理。一想到可能会失去自己的披风，他们就难受痛苦。不过菲奥娜，你得多加小心，千万别让人知道你背包里有什么。"

"我准备在背包里缝个暗袋来装它。"菲奥娜说。

"好极了。"特里安老师说，"好吧，给我们看看你的披风。"

菲奥娜小心翼翼地拉开背包的拉链，贾瑞拉、麦克、达伦全都探过身来。

"这，这就是——"菲奥娜紧张地说着，羞答答地把披风捧出来，有些物质从她指缝间溢出，仿佛手中捧着的是一团由水制成的东西。

"就是这玩意儿？"麦克有点儿失望，"我还以为会有鳍

状肢之类的东西呢。"

"这是海豹披风,可不是戏服,真是漂亮。"特里安老师转向菲奥娜说,"如果你想要变身……"

见特里安老师指着泳池,菲奥娜大吃一惊,眼睛眨了又眨。

"真的吗?"菲奥娜问,"我可以……在这里?现在?"

"这全在于你。"特里安老师说,"池里全是咸咸的海水,专为你特别准备的。现在变身,正好我可以在旁边看着。你想必已经等不及要把披风披上了,而且这毕竟是你生来就拥有的权利。"

"其实……"菲奥娜说,"我试过了,就在今天早上试过了。"

特里安老师的脸就像一块石头,不带任何表情。"然后呢?"她问道。

"太神奇了。"菲奥娜激动得连呼吸都跟不上了,两只眼睛直发亮,"那情景我都不知怎么跟您说……"

"那就变给我们看看。"特里安老师说。

菲奥娜放下背包,脱掉外衣,露出了早就穿好的泳衣——早上在海上畅游后,她总想着放学后再有机会投进大海的怀抱。她一下子把披风裹到肩膀上,其他同学亲眼目睹她变身,虽然恐惧却又被吸引住移不开眼睛。菲奥娜没注意到大家的表情,也许她根本就不在乎吧。她又听到那首歌谣在呼唤自己了,只有那么几句而已,没先前那么清晰,也不大响亮了。变身结束后,跟之前一样,她心中一片宁静愉悦,充满了自信。

菲奥娜在水里自由自在地穿梭，但水面之上的声音，她仍然听得一清二楚。她听到大家在池边鼓掌喝彩，欢呼着她的名字。

你真是太棒了，菲奥娜。特里安老师的声音在她耳朵里回响，现在上来吧。

她不情不愿地爬出泳池，抖动肩膀把披风脱掉。这次脱掉它更费劲了，但这其实是因为菲奥娜内心里不想再变回人身。她朝泳池偷偷瞥了一眼，真希望再做五分钟的海豹人，哪怕一分钟也好呀。在水中再游多一分钟……

"把披风给我。"特里安老师对她伸出手说。

菲奥娜犹豫了一下。

"就替你暂时拿着，等你身上的水都干后再给你。"特里安老师向她保证。

最终菲奥娜还是交出了披风，然后站到其他人前边，她浑身湿透了，不断地滴着水。虽然泳池边的篮子里就有一大堆毛巾，但菲奥娜却任由自己浑身湿漉漉的。这时贾瑞拉忽然大踏步冲来，她立马警觉起来，却见对方举起了手掌，原来是要跟自己击掌，菲奥娜这才放下心来。

"好厉害呀。"贾瑞拉说，"菲奥娜！你在游泳池里简直神了！就跟真正的海豹一样！"

麦克和达伦也走了过来，轻轻拍着菲奥娜的背，结果手都被从她的长发上滴下来的水弄湿了，他们都"呵呵"地笑了起来。

"太不可思议了，"达伦说，"真是大开眼界！"

第五章 海豹人披风

"我等不及想变身了！"麦克大声说，"棒极了，菲奥娜。这是我见过最酷的事情，没有之一。"

特里安老师手拿毛巾向菲奥娜走来。"你变身好轻松容易，"她说，"成为海豹人感觉如何？"

菲奥娜眉开眼笑。"我好喜欢。"她说，"在水里感觉妙极了，当时心里希望永远不要再变回来了。"

"这我看得出。"特里安老师的嘴唇抿紧了，接着又开口说，"我们都坐下来休息一会儿吧。"

菲奥娜把毛巾围在肩膀上，坐到贾瑞拉身边。

"不是我要打击你们的热情。"特里安老师说，"但我希望大家能明白，对于你们这些小幻兽来说，变身是极其危险的事情。"

危险？这菲奥娜可就不明白了，有什么危险的呢？变身后她感觉妙极了，无忧无虑，快活自在，整个人都充满了力量。

"从出生到现在，"特里安老师解释道，"这么长的时间，身为幻兽的你们终于可以变身，当然有种得到了极大的解脱的感觉。小幻兽常常因为经验不足，然后就迷失其中了，完全忘记自己也属于人类世界。"

"那样的话会怎样？"麦克问。

特里安老师忧心忡忡，说："你会变成十足的野兽。"

第六章

闪电鸟
The Lightning Bird

见有人跟自己一样,达伦心中的焦虑减去了大半。但这时他指尖处冒出的东西,又使他慌张起来:那儿正电流喷涌,火花四溅。

坐在特里安老师身边的达伦，直到嘴里尝到了血腥味时，才发觉自己在啃着指甲根处的表皮。他悄悄拿拇指去擦衬衫的下摆，把血抹掉，省得别人知道。这时，他瞥见了菲奥娜那张苍白的脸，不禁在心中嘀咕，她离完全迷失自己还有多远呢？

"十足的野兽？什么意思？"贾瑞拉声音尖锐，仿佛刀子刺破了沉默的气氛，"会百分之百变成一只老虎？一只狼？……"

"你会一直是变身后的样子。"特里安老师解释道，"那将是你唯一的身体形式。"

学生们一个个不停地发问。

"那样的话，我们的思维还是人类的思维吗？还是连大脑也变得跟动物的一样了？"

"我还认得出家里人吗？"

"这种情况是不是随时会发生？怎么才能避免？"

最后一个发问的是达伦："那样的话，我会不会伤害别人呢？"

达伦的问题在空中回响，大家等待着特里安老师的回答。过了一会儿，她才叹着气说："会，这样的事情之前就发生过。"

大家又交头接耳起来，特里安老师举起双手，示意大家别吵了。"都静静，那样的事件其实已经非常少见了。我们把人员布置在世界各处，他们唯一的职责就是指引那些新幻兽，避免他们行差踏错。你们获得了幻兽的力量，这是很了不得的事情。你们的幻兽之路会有坎坷，会有颠簸，但是我们会帮助你们排除障碍。"

"您说了'我们'，"麦克说，"除了您，还有谁？"

特里安老师笑了笑，说："将来你们会知道是谁的。"

这个答案并不能令达伦满意。其实在他看来，特里安老师的每个回答跟什么也没说差不多，要么就净是些小孩子无法理解的话。就在二十四个小时之前，达伦还是大千世界中一个普普通通的小孩儿，但现在一切都变了样。而且要保守这么大的秘密，实在令他五脏六腑备受煎熬。拥有超凡的力量，听着倒是酷得很。但对于达伦，现实却是另一种模样了。他想起昨天把幻石捧在手中时的情景，身体不由得一阵发抖：那只闪电鸟叫声尖厉吓人，爪子就如同剃刀般锋利，还劈出道道闪电，发出"噼里啪啦"的响声……

"特里安老师，这不是我想要的。"达伦说完，每个人都转身看着他。

特里安老师是否感到惊讶呢？至少从她的表情看不出来。"什么是你不想要的，达伦？"她盯着达伦，眼睛一眨也不眨。

"你所说的那些力量，"他说，"并不适合我。一定能找到办法，把这种力量转给别人的，对吧？把它转给真心想要的

第六章 闪电鸟

人,这样我就永远不用变身了。"

"这恐怕不行。"特里安老师说,"正如胸膛底下那颗跳动的心脏属于你的身体,成为幻兽也是你人生中不可分割的一部分。无论想,或者不想,你注定会变身。"

这可不是达伦希望听到的答案。他深吸了一口气,却感觉两个肺不但绷得紧紧的,还在发痛。突然间,整个体育馆"嗡嗡嗡"地响了起来,头顶上灯光闪烁。每个人都抬起头来,而这时的达伦又不自觉地去啃手指甲了,可是手还没举到嘴边,就惊讶地发觉"嗡嗡嗡"的声音竟然是从自己的两只手发出的。他的手指尖处正迸发出炽热的火花,不断跳动闪烁着,还有一条条蓝色的电流在缠绕着两只手。达伦害怕极了,望着这一切,他的眼睛瞪得大大的,眼球都快掉出来了。

"这是我干的吗?"他指着闪烁不停的灯问,"是我使这些灯忽明忽暗的吗?"

"恐惧具有很大的破坏力,"特里安老师温和地说,"恐惧,以及愤怒,往往会导致身体失控。对普通人类是这样,对幻兽也一样,但这都是可以掌控的。"

达伦把头埋在双手中。手指尖的火花虽然伤不着他,却使他想到,自己正深陷恐惧之中。他有一种被恐惧围困无处可逃的感觉。这时,有人坐到了他的身边。

"你能战胜恐惧。"贾瑞拉鼓励他,"你得这样想:就算做怪胎,至少不是自己一个人做,还有我们跟你一样。"

"身为幻兽好得很,你根本想不到有多棒。"菲奥娜严肃认真地说,"相信我,达伦。要是你试也不试一下,要是你没有变过身,就无法知道那有多么美妙。"

"你不能退缩,"麦克说,"我们才刚刚迈出第一步呢!"

达伦深深地吸了一口气,平稳了一下自己汹涌翻腾的心情,接着他手指尖处的闪电"嗞嗞"地响了几下,就全都消失了。他果真战胜了恐惧。其他学生都过来在他身边坐下,这时达伦瞥见特里安老师眼神怪怪的,似乎在说"你心底的想法我可都知道"。是不是她也曾经历过这样的时刻?是不是她也体验过相同的恐惧呢?

"我们开始上课吧。"特里安老师打破了沉默,"现在我先把家庭作业给布置了。两周之后,你们把所属的幻兽的神话或者传说讲给大家听。另外,再写三页的报告交上来。"

麦克的脸沉了下来。"报告?"他问,"我还以为我们的家庭作业是练习变身呢。"

"对,还要练习变身。"特里安老师说,"练习变身的同时,在日志里记下每天的进度。日志每周五交一次。"她拿出一沓笔记本,发给大家。

达伦差点儿就忍不住大声叫起苦来。原来所谓的"体育研修"竟然是一大堆的苦差事,他从没听说过体育课还要写报告做演讲。

"要做的事情确实挺多的。"特里安老师边说边盯着达伦看,仿佛知道他脑子里在想什么一般。达伦心里不禁有些发

第六章 闪电鸟

毛。特里安老师继续说道:"但我保证,这些事对你们的进步是至关重要的。小幻兽在神话中找到了变身的方法,这样的例子其实多得很。"

特里安老师站了起来。"菲奥娜,既然你已经懂得了变身的方法,就在泳池里练一练水下的动作好了,"她说,"剩余的时间里,其他人就练习变身……"

"特里安老师,"菲奥娜插嘴道,"之前我在泳池里时,脑子里忽然响着您的声音,可是我看到您的嘴巴根本没有动,这是怎么回事?"

"幻兽之间能通过心灵感应交流,"特里安老师答道,"一旦第一次变身发生,从此之后,不管你是幻兽之身,还是人类的形体,都拥有心灵感应的能力。"

"这么说……我们脑子里有什么想法,你不就全都知道了?"达伦紧张地问。

"没有这么夸张,"特里安老师笑了,"以前你们一直用嘴巴说话,以后你们就能通过心灵感应来交流。用嘴巴说话时,你不会什么都脱口而出的,对吧?心灵感应也一样,并不是脑子里想到任何事情,立刻就会传递给对方。以后,你们会慢慢掌握其中的要领。"

菲奥娜向游泳池走了过去,特里安老师也跟着去监督她了。这时,麦克问大家:"那我们做什么呢?"

达伦耸了耸肩,说:"我不知道。"

"我们该怎么变身呢?怎么就没人来跟我们说得清楚一

些?"麦克说。

"你老在那儿光说不练,怎么能琢磨出如何变身呢?"贾瑞拉说。

贾瑞拉的眼睛里忽然闪过一道金光,达伦见了心中暗笑:她也跟我一样,她开始发生变化了,而且她也不知道怎么去控制。

见有人跟自己一样,达伦心中的焦虑减去了大半。但这时指尖处冒出的东西,又使他慌张起来:那儿正电流喷涌,火花四溅。

"哇!你是怎么办到的?"麦克的喊声惊动了特里安老师,她立刻转过头来看是怎么回事。

"我……我哪里知道!"达伦无助地说,"没进这个体育馆前,从没发生过这种事。"

"会不会是我们聚在一起的原因呢?"贾瑞拉说。

"有可能。"达伦答道。

达伦的手掌还在"噼里啪啦"地迸发出电光,麦克禁不住伸过手去,想摸又不敢摸。"我感觉到热量源源不绝地传来。"麦克惊叹道,"哥们儿,我真希望火狐的手掌也能射出闪电来,那可真是太酷了。"

"我们从幻石上看到,你的双掌能控制火焰,那也很酷!"达伦说。

"你能不能射出闪电击中那边的墙?"

"不能,总之现在办不到。"达伦虽然这样说,但光是想

第六章 闪电鸟

着闪电击墙的画面，他两只手掌就不禁迸发出更多的电火花出来。他缩回手去，虚弱地笑了笑。别人也许觉得很酷，但达伦心里却清楚得很：自己拥有的这种力量难以捉摸，不知什么时候来，也不知什么时候又消失。

而且极其危险。

第七章
另一只狐狸
The Other Kitsune

一阵钻心的疼痛过后,达伦发现自己正趴在地上。这是镇子外的一处麦田,已经变回人身的他喘个不停。只是个梦吗?达伦心想,旧体育馆里那些稀奇古怪的事情,把我搞得神经错乱了。

这天晚上，达伦注定要在奇静无比的气氛中吃晚餐了。父母每次吵了架，虽然谁也不对达伦提半个字，但他不傻，总是能看得出来。

"爸爸去哪儿了？"摆饭桌时达伦小心翼翼地问。

"噢，还能去哪儿呢，跟他那些哥们儿看比赛去了呗。"妈妈对达伦绽开了笑脸。

达伦却面无表情，一点儿笑容也没有。

何必要逼自己笑呢？挤出来的笑容太假了！虽然嘴里不说，但达伦心里明镜似的：每当爸爸不回家吃晚饭，妈妈其实都很不高兴。最近一段时间，爸爸老是这样。

妈妈把两盘子食物端上了桌，这时达伦真希望，雷此刻就坐在自己身边。

雷是达伦的哥哥，他今年刚踏进新布莱顿大学开始新生活，妈妈也在这所大学担任化学教授。

虽然离家只有一个小时的车程，但自从雷搬到学校的宿舍里住后，达伦感觉仿佛有几年没见过他了。虽然每隔一两个星期，他们就会视频聊天一次，但雷不在家一切都变了样。达伦太想念哥哥了，白天想，夜里也想。

"今天在学校过得怎样？"妈妈一坐下就习惯性地问。

听到妈妈这么问，达伦往嘴里送去的叉子停在了半路上，心里掂量着各种不同的回答：

太棒了，我的手指能制造闪电。

太棒了，我进了一个专为半人半兽的怪胎而设的班。

太棒了，我正在学习怎么变身成一只巨鸟呢。

说出哪怕一样，让自己信任敬爱的人知道正在发生什么事，达伦心头的重压都会大大减轻。但他说不得，特里安老师警告过，这个秘密绝不能泄露。最终，他只是说了句"挺好的"。

达伦等着妈妈再深问下去，但她却翻着化学杂志，不再说话。

在吃饭时妈妈常常看书，却不许达伦玩手机。达伦觉得这真是很没道理的事！他瞄了妈妈几眼，悄悄从口袋里拿出手机，在桌子底下给哥哥发了条信息。妈妈一点儿也没察觉到。

雷，今晚有空视频聊天吗？

达伦又吃了一小口饭。藏在餐桌下的手机突然"嗡嗡嗡"地振动起来，把他吓了一跳。

当然有空，小弟。九点怎样？

"达伦，"妈妈伸出手来说，"餐桌上不准玩手机。吃完饭后我再还给你。"

这一次，达伦半句抱怨的话也没有。手机拿走就拿走吧，什么都无所谓，因为几个小时后他就能跟雷聊天了。

晚上八点五十四分，达伦坐在妈妈的笔记本电脑前等着

第七章 另一只狐狸

雷。

"小弟！"雷出现在了屏幕上，"你已经是七年级的学生了！是不是有很多新鲜事等不及要告诉我？"

达伦脸上绽开了笑容。"也没多少，"他说，"倒是作业多得把我淹没了。"

雷"呵呵"地笑。"欢迎走进这个悲惨的世界，"他答道，"昨晚我在图书馆一直学到凌晨四点呢。"

"真的吗？"达伦问。

"千真万确，童叟无欺。"雷说，"别说我了，还是聊聊你吧，关于七年级的每件事我都想听。"

达伦跟雷说了在新班级里的生活，但有许多事情避而不谈，很快就将话题转到了足球训练上。雷却举起一只手来问："别把话题岔开了，我看得出你有什么事瞒着我。到底怎么了？"

达伦真不想让雷知道，自己的亲弟弟竟然对他有所隐瞒。不过有人关心，能注意到自己的反常之处，这倒是令他心中倍感欣慰。达伦很想告诉雷真相，给他看自己此刻正在桌底下迸射出电流的双手，但他实在提不起勇气来，因为后果太可怕了！

能不能什么也不说出来，拐弯抹角地跟雷聊呢？

"今年发生的事情……有点儿怪怪的，"达伦字斟句酌地说，"仿佛自己来自另一个世界，跟别人不同。你能明白吗？"

"当然明白。"雷立刻就说。

从语气听来，雷似乎对达伦的处境很了解。达伦心中泛起了涟漪：雷会不会也是幻兽呢？特里安老师说过，幻兽是在家族中世代相传的……

"我刚刚还在想，你什么时候会提起这事来呢。"雷继续说，"上了中学后，我的世界也变样了……"

达伦掂量着雷说的每个字。

"那时我第一次发现了这个明显的现象：柳树湾的非洲裔美国人真是少得可怜。就算大家不用异样的眼神看你吧，你自己也常常会有种格格不入的感觉。"

这样的一番话可不是达伦想听到的。但从小到大，达伦都很佩服哥哥，不管发生什么事情，哥哥总有法子解决。

尽管目前哥哥并不知道发生了什么，但对于达伦面临的问题，说不定也能给出答案。"那么……你是怎么处理的？"达伦问。

"做你自己就好，"雷说，"你有一大堆的朋友，比我还多，这是个好的开始。在学校里好好用功，别惹麻烦。总之，要付出百分之百的努力，知道吗？妈妈爸爸希望我们做最好的自己。说到妈妈和爸爸……"

不用雷把话说完，达伦也知道他要问什么。"还是老样子，"他说，"爸爸今晚又不回家吃晚饭。"

雷做了个鬼脸。"他不能再这样了。"他说，"他明知这样会把妈妈气疯。昨晚我见到妈妈，想要跟她谈谈，但她说上课就要迟到了，急急忙忙就走了。"

"到底发生了什么事，他们谁也没跟我提过半句。"达伦

第七章 另一只狐狸

说,"要是你发现了什么……"

"我会第一时间告诉你。"雷说。

"谢谢,雷。"达伦说。跟雷聊过后,他确实感到舒畅些了。但接着,心中又涌起了一股疲倦的感觉。这些日子他一直承受着巨大的压力,真令他身心俱疲。

达伦跟哥哥说了句"再见",然后拿着《社会科学》的课本扑倒在床上。睡觉之前他还得再看完一章呢,可是妈妈严格要求他准时熄灯,就跟餐桌上不许玩手机一样没得商量。

才看完了第一段,达伦的眼皮就睁不开了,他很快就进入了梦乡。

今天本来是满月之夜,但由于乌云蔽天,夜空比往常更黑更暗了,整个世界只有街灯在微微发光。达伦从没像此时这样,从高处俯瞰这些街灯。他时而高时而低,一会儿俯冲而下,一会儿冲天而上。一切都尽收眼底,一切都随心所欲!

达伦现在明白了,他明白特里安老师和菲奥娜想要告诉他什么了。翅膀每扇动一次,他就越是深刻地领悟了他们说的话。这是他的力量,这是他的命运。这是真正而真实的他正在飞越柳树湾,以全新的角度审视着整个世界。

达伦朝昏暗安静的柳树湾飞了下去。他心里在想,要是大家看到我,会有怎样的反应呢?

在他的下方,有什么骚动了起来。难道有人已经起床了吗?可是天色依然黑着呢。他可不希望让人发现,他还没飞够呢。要是在森林上空飞翔，就没必要担惊受怕了，不如朝森林的方向飞去吧……

但身体里忽然刺痛了一下，似乎在阻止他飞离这儿。

达伦又飞低了一些，想看看下面是什么情况。但以他那不可思议的视力，其实大可不必这样。大街上有什么正在快速移动着，他突然发现，那并不是人类。他看到那些黑影在整条大街蔓延开来，它们笼罩着沉睡中的房子，从门底下和窗户溜进去。

那东西要对屋里熟睡的人们做什么？他们压根儿不知道，危险正向他们逼近。

只有达伦知道。

只有达伦能拯救他们。

他往下飞去。这样做似乎是理所应当的，却是他犯下的最大错误。黑影往后一退，然后直蹿上来包围住他，抓住他的羽毛把他往下拉。很痛很痛！

痛得他龇牙咧嘴。

一阵钻心的疼痛过后，达伦发现自己正趴在地上。这是镇子外的一处麦田，已经变回人身的他喘个不停。只是个梦吗？达伦心想，旧体育馆里那些稀奇古怪的事情，把我搞得神经错乱了。

虽然达伦跟自己说这一切只是个梦，但心底他却渴望真的拥有那样一双强大的翅膀。没有翅膀，他感觉无比孤独。他真的在天上飞过吗？他挣扎着站起来，肩胛骨忽然疼痛难忍。不管怎样，现在他得找路回到镇子里，但是这么远的距离，步行

第七章 另一只狐狸

恐怕要好几个小时。

他肯定是飞到这儿来的，梦游没理由走得这么远，更何况从二楼的卧室窗子走出去，根本就不可能！

发觉附近不止自己一个人时，达伦吓了一跳。在一处空地边，站着一只无比华丽的动物。这是一只浑身雪白的巨大狐狸，它蹲伏在地上，四只爪子不断冒着火焰，九条长长的尾巴铺展在身后。他想起了麦克手捧着幻石时的情景，心中叫了出来：火狐！

那只狐狸迈步向前，有个深沉的声音忽然在达伦的脑海里回响着：嗨，达伦。那并不是麦克的声音。

"你是谁？"达伦问，"你怎么知道我的名字？"

你可以叫我木村先生，狐狸答道，我知道你心中充满了疑问。跟我来吧，我一五一十给你解释清楚。

他们默默走了一会儿后，达伦忽然叫道："木村！你是不是麦克的爷爷？"

狐狸点点头，好机灵的男孩，多莉娜果然没说错。

"你怎么……"太多的话要涌出来，达伦一时之间竟然语塞了，不知从哪里说起。

你在熟睡时变身，然后飞来了这儿。木村先生解释道，你还记得起什么不？

"我只记得当时累死了，"达伦说，"不知不觉间就睡着了。等我再清醒过来时，就在柳树湾上空飞着了。接着……"

达伦的声音渐渐低了下去。狐狸把耳朵竖了起来。继续说下去吧。

"我看到了好像是影子一般的东西,"达伦说,"很邪恶的东西……我想要阻止它溜进大家的屋子里,但它袭击了我。"

木村先生不吱声,达伦问:"影子这些事情,只是个梦,对吧?"

狐狸望了他们身后一眼,似乎担心有人跟踪。他们向一个小屋子走去时狐狸说:现在还只是个梦,我们进屋再谈。

小屋子的窗子里亮着盏灯。达伦和木村先生还没到屋前,门就突然打开了。

"吉昌?"一个声音叫道,"是你吗?"

门口正站着麦克,他满脸焦急。见到是达伦走过来,他惊讶得合不拢嘴。

"达伦?"麦克问,"你怎么会在这儿?"

"嗨,麦克。"达伦不知说什么好。

木村先生挤到前面来。快进去吧。狐狸低声说。达伦没别的选择,唯有跟着狐狸踏进门内,麦克本来惊讶的面容升级成了震惊。

"吉昌?"麦克犹犹豫豫地问,身子不禁往后退,抵在了墙上。

门在他们身后关上了,发出响亮的"啪嗒"声,但达伦非常清楚自己并没有碰过一下门。

接着,一大束光忽然向他们扑来,等一切恢复正常后,那只华丽漂亮的狐狸没了踪影。原来的地方站着个老头儿,他的

第七章 另一只狐狸

双眼里似乎装着整个世界的忧愁。

老头儿是木村,变回人身时的木村!

第八章

四灵兽
The First Four

突然之间,达伦从脚至头漫过一阵电波,随后一只醒目的闪电鸟赫然出现在大家面前。闪电鸟昂起头,用闪闪发光的眼睛注视着麦克和吉昌。麦克从没见过会笑的鸟,但现在他无疑见到了。

"吉昌?"麦克喘起粗气。倘若不是背后有堵墙正顶着自己的身体,他会以为自己仍然躺在床上睡觉,做了个怪异无比的梦。"你……你是只……"

"没错。"吉昌从小孙子身边大步走了过去。

麦克盯着吉昌,然后向达伦望去一眼。"你是否要打算告诉我,这到底是怎么回事?"他问道。

达伦很不自在,把身体重心从一只脚移到另一只脚:"唔……"

"算了。"麦克低声说着,转过身向吉昌追赶过去。吉昌在客厅里,布满皱纹的手正握着电视遥控器。这一次,吉昌看的不是平时最爱看的自然纪录片,他把频道调到了全天候气象频道。

"我们正在跟踪一个五级的超强飓风,它正在逼近我们的海岸。"天气预报员语调非常急速,"观众们,这可不是在开玩笑。我们并没有发现该飓风有改变路线,或者减速的迹象。我再重复一次,这个飓风一点儿也没有减弱。现在就马上做好防备措施吧,因为一旦飓风到来,再去做准备就太晚了。"

吉昌把电视设成静音了。屏幕上一座座房子被夷为平地,一棵棵树木倒下,营救人员在碎瓦砾中寻找幸存者。

"现在你知道了吧,我并不是一个普普通通的爷爷,"吉昌转过头来对麦克说,"还有,这次的飓风,恐怕也不是普普通通的飓风。"

"你是直接告诉我们话里的意思,还是想让我们慢慢猜呢?"麦克问。就连他也为自己语气里的无礼感到惊讶。但他并不是无缘无故就发脾气,此刻他心里无比烦躁。原来吉昌竟然是个幻兽,是跟他一样的火狐,他却一直以来都瞒着麦克。虽然麦克不愿承认,但这事确实伤透了他的心。

"当然我会告诉你们。"吉昌说,"达伦,你呢?也过来听听吧。"

麦克差点儿忘记,达伦还在门口那边站着呢。两个男孩并肩坐在了沙发上,吉昌则坐到了对面。"多莉娜一直在告知我你们的学习进度,"吉昌说,"我知道,有些事情你们不问个一清二楚,是不会死心的。今天晚上,我只好把一切全说出来了。现在的形势也逼得我不能再隐瞒下去了。"

"发生了什么事?"麦克问。

吉昌朝电视机摆了摆头。"那并不是飓风,"他继续说,"那是幻兽军团即将要降临柳树湾。"

这番话真是荒唐到了极点,但是爷爷脸上的严肃表情,却是麦克这辈子从没见过的。他不禁感到脊背一阵发冷。

"要明白今天的事,你们得先了解过去都发生了什么。"吉昌重重地叹了口气,"多莉娜跟你们说过了,人类和幻兽曾经和谐地生活在一起。我们保护村庄,召唤雨水滋润庄稼,甚至治病救人。但一千年前,一个邪恶的巫师出现了,他知道如

第八章 四灵兽

果要获得终极的力量，就得借助幻兽的魔力。"

"他都干了什么？"麦克问。

"他使用了有史以来最黑暗的魔法，"这时的吉昌似乎有上千斤的巨石压在肩上，麦克觉得他一下子老了许多，"巫师打造了一件铁号角，给铁号角刻上了我们以为早就失传了的魔符。为了制造号角并得到魔符，邪恶的巫师无所不用其极。铁号角造出来后，他拥有了魔法世界有史以来最可怕的武器。"

"号角有什么厉害的地方？"

"它能使幻兽听他使唤。号角一响，世界各地的幻兽就成了他的奴隶。号角迫使幻兽对人类开战，毁掉他们的食物，烧掉他们的房子，杀死他们。黑暗时代于是开始了，这是我们这个世界最黑暗的时代。幻兽对巫师的号角毫无抵抗之力。于是曾经幸福快乐的时光远去了，整个世界看不到一丝希望。"

吉昌停顿了一会儿，好让两个男孩慢慢消化刚才那番话。

"直至后来，四名小幻兽挺身而出，才终于把巫师打败了。"他继续说，"这四名幻兽还嫩得很，只是无名小子，然而他们却发现，号角发出的声音对自己并不起作用。现在人们把他们叫作'四灵兽'，他们是所有幻兽的领袖。"

"他们现在还活着？"麦克插嘴问，"毕竟都一千年那么久了！"

吉昌神秘地一笑，说："对于我们幻兽，有很多事情是你不知道的呢。"

"巫师的号角后来怎样了？"达伦问。

"这个号角无法销毁，只能将它封印了起来。他们本以为，这次的劫难从此结束，一切将恢复到原来的样子。"

"但他们的愿望落空了，是吗？"麦克问。他看过很多的超级英雄电影，老是能猜到接下来的情节。

吉昌摇着头说："伤害已经造成，人类不再相信幻兽。他们亲眼目睹过我们的可怕力量，不管做什么保证，都无法消除他们的戒心了。最后他们反而下定决心，要猎杀我们，把我们从历史中彻底抹除掉，一点儿痕迹也不留下。我们成了神话，成了民间传说中才存在的生物，成了他们说给小孩儿听的故事里的妖怪。正是因为这样，我们现在才会隐藏身份潜伏在世上。"

麦克握紧了两只拳头。"那真不公平！"他生气地说，"作恶的是那个巫师，不是我们。"

吉昌忧伤地微笑着说："魔法这种神奇的东西，不在人类的脑子能够理解的范围。他们只知道，幻兽曾经想要把他们毁灭掉。他们只知道，我们拥有毁灭他们的能力。这也怪不得他们会因为恐惧而做出极端的事情来。"

"你为什么跟我们说这些？"达伦突然说，"这些都是一千年前的事情了吧？跟现在又有什么关系呢？"

吉昌注视着麦克和达伦好一会儿后才说："号角不见了。一个叫铁金刚奥登的新巫师偷走了号角，他更年轻，更强大。他的老祖宗，那位'第一次毁灭时期'的罪魁祸首也没他这样的野心。"

"此时此刻，奥登和他的军团正在逼近，"吉昌继续说，"这就是整件事情的来龙去脉。"

第八章 四灵兽

"这儿吗?"麦克不大相信,"铁金刚奥登向这儿逼近?他要来柳树湾?"

"柳树湾是抵挡他的最后一个堡垒,"吉昌解释道,"四灵兽住在柳树湾。要是连他们也不能打败铁金刚奥登,别人就更没办法了。奥登想击败四灵兽,然后统治整个世界。"

麦克从沙发上跳了起来。虽然现在是半夜三更,但他整个人躁动得很,根本坐不住。"四灵兽住在这儿?"他问,"他们是谁?"

"他们就在身边,麦克,"吉昌说,"其实你从小到大都跟他们很熟。"

麦克的心仿佛要跳出来一般。"吉昌,"他压低声音说,"是你?"

吉昌没说话,他不必开口,答案就写在他的脸上。

这不是真的,麦克心中惊叫道。他的爷爷,他的吉昌怎么会是传说中力量无比强大的四灵兽之一?怎么会已经一千多岁了?这太荒诞无稽了。然而,麦克心底却深信不疑。

吉昌说我从小就认识他们了,麦克心中嘀咕道,他们到底是谁呢?柳树湾里他认识的人一个个在脑子里冒了出来,老师、小儿科医生、邮局里那位坏脾气的老太婆……不,都不是。

我从小到大都很熟——

麦克如梦初醒,恍然大悟。他怎么会忽略了这句很关键的话呢?答案就像夜空中的星星般显而易见。每周四晚上,爷爷都会梳理一番,然后翘首盼望着三个麻将牌友的到来。可是,他们真的在打牌吗?他有听到过麻将牌"噼里啪啦"

的响声吗？麦克只记得从隔壁房间传来的是低沉的说话声，然后他就去把电视音量给开大了。他们说的话跟麻将一点儿关系也没有。

特里安夫人跟吉昌的友谊这么深厚并非偶然。他们之所以能成为一对好朋友，原因在于他俩都是幻兽。倘若吉昌是四灵兽之一，那么麦克心中百分之百肯定，特里安老师以及塞富·巴达维、雅拉·莫雷诺这三位吉昌的麻将牌友也是。

"特里安夫人是四灵兽中的一个！"麦克转头对着达伦大声说，"还有……"

"是时候带达伦回家去了，免得他家里人醒来后发现他失踪了。"吉昌插嘴道。

达伦东张西望，看哪里有钟。"我爸爸一大早就起床去上班了。"他紧张地说，"要是他醒来后发觉我不在家，我该怎么跟他解释呀？"

"不用担心，他还没醒。"吉昌说。

"你怎么知道……"麦克话说了一半突然心里想到，这不是废话吗？他当然知道，那可能是火狐的某种神奇本领。麦克憋了一肚子问题，都不知先问哪一个了。达伦也一样。

"木村先生，"往汽车里挤进去时，达伦问道，"如果世上存在幻兽和巫师这类不为人知的神奇东西，那么吸血鬼也是真的了？"

"也有僵尸吗？"麦克插嘴道，"也有大脚怪吗？"

吉昌"呵呵"地笑了。"别胡说八道了，孩子们。"他说，"有幻兽，有人类，还有你们所谓的巫婆或者巫师。就这

第八章 四灵兽

些,没别的了。"

麦克望着窗外沉思:这样一个魔法世界竟然存在,而我却一无所知。天空依旧乌云密布,他看到远处有一朵云,云的里面发着光。他起初觉得那是闪电,接着心里又怀疑,那真的是闪电吗?

"也许我们应该离开镇子。"达伦突然说,"要是铁金刚奥登能利用幻兽的力量使自己变得更强大,那他肯定会来打我们的主意,我们还不赶紧躲起来?"

"这可不是逃走的时候。"吉昌说,"这是我们挺身而出的时候,必须趁奥登羽翼未丰时打败他,就在这儿,就在此时。"

"你是说,达伦和我也会加入反击奥登的行动吗?"麦克兴奋地问。

"你们这些小家伙也要贡献自己的力量,"吉昌说,"至于正面的交锋,还用不着你们。"

"唉,为什么呀?"麦克发起了牢骚。

"不行,麦克。"吉昌斩钉截铁地说,"太危险了。这事就交给不受号角控制的四灵兽吧。我们能打败奥登,一千年之前我们就曾经打败了他的祖先。"

一路上没人再发声。达伦的家到了,吉昌把车停在了房子前。整座房子黑漆漆的,一点儿声响也没有,吉昌没说错,达伦的家人显然还在梦乡之中。

"谢谢您开车送我,木村先生。"达伦说着,下了汽车,"也许我该自己飞回家才是,省得给您添麻烦。"

飞回家?麦克心想,难道达伦他——

吉昌抬起手,竖着根手指说:"达伦,你得多加小心。你面临的危险更大。你在天空中飞翔时,万一控制不住变回人身,后果不堪设想。毕竟,变回人身时的你跟普通人没两样。"

"你之前变身了?"麦克问达伦,"还在天上飞了?"

达伦点了点头:"特不可思议,是不?"

"怎么就变身了?"麦克追问道。

"我是在睡着时变身的。"达伦说,"然后我就飞到了空中,最后掉在了一片小麦地里,而你爷爷正在等着我,好像他事先知道我会在那儿一样。所以,我其实并不知道怎么变身。"

"你知道的!"吉昌指着二楼打开的窗子说,"飞上去吧。"

达伦一听心领神会,脸上绽开了大朵的笑容。他闭上了眼睛,眼睑古怪地抖动着,似乎用多大力气也睁不开眼睛。他的脸抽搐了两三次,仿佛脸皮底下有什么把他弄痛了。

突然之间,达伦从脚至头漫过一阵电波,随后一只醒目的闪电鸟赫然出现在大家面前。闪电鸟昂起头,用闪闪发光的眼睛注视着麦克和吉昌。麦克从没见过会笑的鸟,但现在他无疑见到了。

"哇!"麦克一万个惊叹。

"干得棒。"吉昌赞道,虽然只有寥寥三个字,却难掩声音里的喜悦。接着,在麦克和吉昌的注视中,达伦飞向窗子,飞进了屋里。

开车回家的路上,麦克一句话也没说。亲眼目睹达伦变身,他的内心仿佛经历了一次大地震。那场面太壮观,太出乎

第八章 四灵兽

意料了，他仿佛生活在令人热血沸腾的超级英雄的电影里。然而激动兴奋之余，却有种莫名的孤独感和不完整感从他的心头泛起。什么时候，才轮到他变身呢？此刻的麦克比起任何时候都渴望化身成为火狐。

"麦克，怎么闷闷不乐的呀？"吉昌问。

何止闷闷不乐呀，麦乐心想，我都愁死了。"菲奥娜和达伦已经懂得怎么变身了，而我却一点儿头绪也没有。"他说。

"你会找到自己的变身方法的，只是时间没到而已。"吉昌平静地说。

"时间？我们没时间了，"麦克的声音提高了八度，"您不是说奥登此时此刻正向柳树湾逼近吗？求您了吉昌，就不可以直接告诉我变身的方法吗？如果您能亲自向我演示一番，那就更好了。"

"也许你应该多关注脚下的路，而不是一心想着抵达目的地。"

"没开玩笑吧？"麦克哀叫道，"帮帮忙，吉昌！都这个时候了，您还跟我说这些格言警句有意思吗？不如实际点儿，告诉我方法。"

"麦克，"吉昌斩钉截铁地说，"在这件事上，我只能说这么多了。"

麦克沮丧地叹了口气，身体往一边扭去，心不在焉地望着窗外。天空现在变成灰蒙蒙的了，黎明即将来临。

他知道，爷爷也许是对的，虽然他特不愿意承认。

第九章
迎战计划
Battle Plans

麦克最害怕的那一刻到来了：眨眼之间，每个人都变了身，只剩下他一个孤独的人类。他把屁股挪到地面上独自坐着，憋红了脸，使出浑身解数想要变身——拼命眨眼，绷紧肌肉，又是扭屁股又是伸腰，全身上下动个不停。

　　清晨来到学校，麦克的心情变得更糟糕了。他只想搞明白怎样才能变身，但在上英文课和科学课时，他哪有心思去琢磨这个问题呢？心里只盼望着幻兽训练课赶紧到来，一天之中也唯有在旧体育馆时，他才有成为真正的自己的感觉。向着旧体育馆走去时，他激动地想，也许就是今天了。

　　一进体育馆里，他就看到大家全在长凳边抱作一团。他心想，肯定是出了什么大事了。旁边那只美洲虎印证了他的想法。麦克吓得迈不动脚，呆立在原地。虽然他晓得，这只美洲虎就是贾瑞拉，但这样一只威猛的野兽出现在面前，还是使他害怕得不敢靠近半步。他心想，这么看来连她也懂得怎么变身了。

　　这模样看着还行吧，嗯？贾瑞拉的声音在他的脑子里响着。

　　"我真不敢相信自己的眼睛。"麦克喃喃地说，听着酸溜溜的。

　　"你们瞧我的！"达伦突然说，接着"呜嘶"一声——闪电鸟又出现了。大家欢呼起来，相互间说个不停，麦克也只好勉强挤出笑容来，想到这屋里只有自己不知怎么变身，他苦恼极了。他和菲奥娜对望几秒钟，不禁在心里哀求道：不要呀，拜托别再变身了。要是每个人都变了身,只剩下他自己,那可真叫他受不了。

菲奥娜似乎明白他的心情,海豹皮整整齐齐叠在大腿上没动。麦克松了口气。

特里安老师把双掌拍得响亮。"都变回人类来吧。"她话音刚落,贾瑞拉和达伦一下子就恢复了原样。麦克走到长凳那边跟大家一起坐下,终于不用在这个体育馆里做与众不同的人类,真令他倍感宽慰。

"有些重要的事情要告诉你们。"特里安老师说。然后她给贾瑞拉和菲奥娜说幻兽的来历、达伦做的奇怪的梦,以及巫师正在逼近柳树湾的事……这些麦克昨晚就已经知道了。

"你一个人飞到天上去了?真不敢相信。"菲奥娜低声对达伦说,"你就不害怕吗?"

"不怕,"他"呵呵"地笑着说,"因为我还在睡梦中呢!看来我不是梦游,而是梦飞。"

"都给我认真听着,因为接下来我要说的话,跟每个人都有利害关系。"特里安老师瞪了菲奥娜和达伦一眼,继续说道,"四灵兽今天一大早碰了面,定下了作战的方案。铁金刚奥登要是来了,木村先生就引他到镇子北边房少人稀的地方。塞富、雅拉和我把他那些手下困在海滩。你们四个负责在镇子巡逻,倘若铁金刚奥登的人逃出海滩,就通知我们其中一人,但记住千万别跟他们动手。幸好等台风刮来时,镇子里的人应该都撤到别处去了,要么也躲进了防风掩体里,但愿他们没人会受到这次劫难的牵连吧。"

第九章 迎战计划

"巫师多久来到这儿？"菲奥娜问。

"就快了。"特里安老师说，"现在我能告诉你们的就这么多，时间紧迫，建议你们还是闭上嘴巴动手做事吧。菲奥娜，之前教过你的深呼吸方法现在就练一练。达伦，今天你就飞给大家看看。贾瑞拉，你练习奔跑，你会发现四条腿跑起来跟两条腿可大不一样。至于麦克，你继续琢磨怎么变身，相信不用多久你就能掌握其中的诀窍了。"

麦克最害怕的那一刻到来了：眨眼之间，每个人都变了身，只剩下他一个孤独的人类。他把屁股挪到地面上独自坐着，憋红了脸，使出浑身解数想要变身——拼命眨眼，绷紧肌肉，又是扭屁股又是伸腰，全身上下动个不停。不管做出什么动作，只是白费劲儿，一点儿效果也没有。

终于等到铃声响起了，听到这放学的信号，麦克真是喜上眉梢。别人还得忙着变回人身，因此他是第一个走出体育馆大门的。今天又是漫画俱乐部集会的日子，每次集会他都觉得特好玩。突然之间麦克想起了乔尔，自打开学第一天在巴士上碰面后，好像就再也没见过他。普通人类的圈子才属于我，麦克在心里说。可到了漫画俱乐部，却看到每个人都在埋头看最新一期的《超级武士》。旧体育馆是一群拥有超能力的人，这儿却是一群渴望拥有超能力的人，到了哪里他都避不开超能力这玩意儿！人生里第一次，麦克烦透了漫画书和超级英雄。

"麦克！到这里来！"见到麦克在门边徘徊，乔尔大声叫道，"你根本想不到第17期会是这样的剧情！"

"我就不进去了。"麦克说，"我有事得回家。"

乔尔的脸沉了下来。"嗯，好吧。"他说，"迟些时候再聊？"

"好的。"麦克答道。

麦克给吉昌发了条短信，叫他开车来接自己，然后走到停车场等他。天空的乌云依旧没散去，现在还下起了毛毛雨。纷纷细雨虽无声，但没一会儿他的衬衫就湿透了。

"麦克！"一个声音叫道。

他转身看到贾瑞拉正向自己走来。

"嘿，"麦克说，"去哪儿呀？"

"足球训练取消了，"贾瑞拉指着自己的钉鞋说，"天气的原因。"

"要不要送你一程？我爷爷很快就开车来了。"麦克说。

贾瑞拉摇摇头。"我家近得很，走走就到了。"她说，"我陪你等一会儿吧。"

"谢谢。"麦克说。他转头看了看，除了他们俩，附近没别的人了。别犹豫了，麦克在心中对自己说，放下身段去问吧。

"我能问你些事吗？"麦克说。

"可以呀。"贾瑞拉答道。

"那到底是怎样的感觉呢？"麦克冲口而出，"我是说变身的感觉。"

贾瑞拉望向远处，陷入了沉思中。"那感觉……不知怎么形容。"她说，"我只变身了两次。感觉嘛……你有试过不用滑板的人体冲浪吗？"

第九章　迎战计划

"在海里冲浪吗？"麦克说，"当然试过。"

"感觉跟这个有点儿像。"她解释道，"见到浪头扑来时，你就会选择深呼吸，做好准备……然后全身放松……接着浪头把你举起，把你往前送去。这个过程自然而然，毫不费劲。你会有种一切就该如此的感觉，明白不？"

麦克点点头。

"但如果你太过用力，不顺着那股劲儿，就会一头栽进水里。"贾瑞拉继续说，"海浪会把你往下拽，最终落得个满嘴沙子和海水的下场。"

贾瑞拉把高高扎起的马尾辫扯散了，讪笑着说："是不是觉得我有点儿语无伦次、不知所云？"

"不，"麦克真诚地说，"你说得很好。我觉得……自己全做错了。我一直太过使劲……反而离目标更远。"

贾瑞拉似乎很理解麦克此时的心情。"我想第一次变身都是自己难以掌控的吧。"她说，"当时我的眼睛忽然就发生了变化，如果我们不是正好赶上了幻兽修炼课，真不知道我会做出什么事来。毫无心理准备之下，突然身体就发生了奇怪的变化，你知道那有多吓人吗？"

"是呀，"麦克说，"我没有想过这种情况。现在我倒是一切都准备好了，可大家都变身了，怎么到最后只落下我一个呢？"

"迟一点儿有什么要紧呢？"贾瑞拉说，"你早晚会变身的。特里安老师对你很有信心，而且你爷爷就是四灵兽中的一个——这真是万万没想到呀！"

麦克想挤出些笑容来，不过贾瑞拉这几句热心的安慰，反而使他的心情更糟糕了。倘若吉昌是四灵兽之一，那么麦克变身应该容易得多才是，怎么还更难了呢？

就在这时候，吉昌将车停在了路边。见到吉昌，麦克真是喜出望外。要是跟贾瑞拉的一番谈话，使得他对怎么变身有了全新的看法，那么从自己的爷爷，一位真正的幻兽大师身上能学到些什么呢？

"谢谢你的建议，贾瑞拉。"麦克边说边跳上了车。

在他绑安全带时，爷爷问："今天在学校过得怎样呀？"

"贾瑞拉现在也会变身了。"麦克叹着气说，"除了我，每个人都找到了变身的法子。吉昌，您得帮帮我才行。至少告诉我，第一次变身是怎样的感觉？过程是怎样的？"

吉昌打开了雨刷。"你很快就会一清二楚了。"他答道。

麦克握紧了双拳，感到沮丧极了。车里沉默无声了好一会儿，这时候麦克正压制着内心的火气呢。

"这只是个很简单的问题而已！"麦克的怒火终于爆发了，"为什么您就是不肯回答一下？我不知道怎么变身，都快被折磨死了！"

"也许你应该耐心地去摸索。"吉昌说。

"噢，真谢谢您了，这建议真是棒极了！"麦克讽刺道，虽然他也知道这话说得太没大没小了，但此时他心里烦躁得很，哪里还管那么多，"正向我们赶来的巫师并不是个疯子，并没有想称霸天下。你是对的，我就坐着什么也不干，等着他的到来。我想这样一来问题就能解决了。"

第九章 迎战计划

见吉昌什么也没说，麦克更气了。

"要是妈妈爸爸在，就不会受这些苦头了。"他生气地说，"但他们不在了。希望亲爷爷能在身边帮自己一把，这种要求我想是太过分了吧。"

虽然话都说到这份儿上了，吉昌依然没给他半个字。车子载着他们往家开去，俩人一路无话，吉昌的沉默使麦克心情更糟了。

第十章

古书里的秘密
Secrets in an Ancient Book

"谢谢了。"麦克虽然这样说,却掩饰不住脸上失落的表情,这一切菲奥娜都看在了眼里。想要他振作起来,除非他能学会怎么变身吧。

这天傍晚,有位著名诗人要来参观新布莱顿大学。这意味着菲奥娜得在英文部她爸爸的办公室里度过一个下午了。爸爸是诗社的社长,经常主持这样的诗歌朗诵活动。虽然菲奥娜也盼望着听诗歌朗诵,但此时她的心却在别的地方了。这个地方就是她第一次化身海豹人自由畅游的小海湾,旧体育馆虽然有个海水泳池,但根本给不了她相同的感觉。

在爸爸的办公桌前坐了一会儿后,菲奥娜站起身,打算去自动售货机那儿弄点儿零食吃。看到售货机的玻璃橱上映出一张熟悉的脸庞时,她吓了一大跳。

"达伦?"菲奥娜惊讶地问,"你怎么会在这儿?"

"菲奥娜!"达伦说,"我……你在这儿做什么?"

"我爸爸是英文教授,"她解释道,"他今晚要加班,所以……"

达伦点了点头。"我妈妈是化学教授。"他说,"我一般都是在科学楼里玩,但今天那儿太臭了!"

"实验出问题了吗?"菲奥娜笑着说。

"可不是!"达伦说,"我哥哥雷在这儿上学,他说英文部的学生休息室是最棒的。"

"你哥哥说对了,一点儿也没错。"菲奥娜说。

"所以我就来瞧瞧了。"达伦说。

"我正打算去图书馆写幻兽报告呢。"菲奥娜说,"一起去不?"

"好呀。"达伦说。

"你进过图书馆的珍本书库吗?"在校园里走着时菲奥娜问,"那儿的古书太神奇了,纸是羊皮的,还有金粉写的字……如果不戴棉手套的话都不让摸一下。"

"竟然要戴手套?"达伦苦着脸说。不过进了珍本书库后,菲奥娜把手套递来时,他倒也乖乖地接了过来。

很快,菲奥娜就被那些精美的旧书迷住了,几乎忘记身边还有个达伦。四周静悄悄的,只有手机摄像头发出"咔嚓咔嚓"的声音,她把查找到的任何有关海豹人的内容全拍了下来。

菲奥娜小心翼翼地打开一本封面烂糟糟的旧书,有点儿像是百科全书,插图精致漂亮,全是各种各样的变身。她翻开几页读了起来。

摄魂号角

唯有魔法异常高强的女巫和巫师,方能驾驭得住此种号角。它仅有一处弱点:奏出的催眠曲对幻兽幼徒无效。然而这也算不得多大的弱点,皆因幼徒通常不堪一击,没多少本领。一个巫师既然驾驭得了摄魂号角,要对付小幻兽,自然办法多多。

这段文字写得歪歪扭扭，菲奥娜一字字地艰难看完，勉强懂得里头说的是什么后，她又看了几遍，直至百分之百确定自己没看错。

"达伦，"她低声说，"来看看这个。"

达伦看得更费劲了，菲奥娜站在一边耐心地等着。终于他把头抬了起来，见他那模样，菲奥娜知道他也看出门道来了。

"四灵兽并不比一般幻兽更厉害。"菲奥娜说，"当时他们只是因为年幼，号角才奈何不了他们！"

达伦说："那么，幼徒是指……"

"瞧这儿，"菲奥娜轻轻地把古书翻到另一页，大声读了起来，"幼徒是还没成年的幻兽。虽然幻兽一生下来，就展示了过人的天赋，但他们强大的力量在长大后才会显现出来。"

"巫师奥登正朝我们而来，四灵兽以为自己还能打败他。"达伦说，"但是——"

菲奥娜紧接着说："现在摄魂号角一奏响，他们立即就毫无抵抗之力——就跟其他成年幻兽一样。"

"你说铁金刚奥登知道这点不？"达伦突然问。

"这我就不清楚了。"菲奥娜很沮丧，"这本书锁在珍本书库很长时间了……不过也许还有完整无损的吧。"她突然站了起来，"我们得告诉麦克和贾瑞拉，大家一起想想办法。"

就在这时候，达伦的手机响了起来。"正好，"他说，"我妈妈现在打算回家了。"

"可我还得待在这儿至少三个小时呢！"菲奥娜叹着气说。

"嘿，你不如跟我们一起回去吧？"达伦说，"一起去找麦克和贾瑞拉，把在书里看到的都说给他们。"

菲奥娜想了一会儿。"这应该没问题，"她说，"我先发条短信给爸爸。"

嗨，爸爸。我把数学课本丢在学校了。我想坐达伦的妈妈史密斯教授的车回柳树湾。抱歉不能陪您啦。晚上我在家里等您回来哟！

菲奥娜按下了发送键，心中默默祈祷，爸爸不会因为她不参加诗歌朗诵活动而生气。其实这也并非是一个彻头彻尾的谎言，她确实把数学课本丢在了学校，只不过她早就做完这一科的作业了。

菲奥娜轻轻地把古书合上，放回玻璃橱里。"我们快走吧，"她急匆匆地说，"时间可不多了。"

一个半小时后，达伦搭建在树上的小木屋里，蹲着菲奥娜、麦克、达伦三人。雨水不断拍打着木屋顶，这个屋顶是哥哥雷在达伦还读幼儿园时就钉上的。如今达伦极少到树屋上玩了，地板撒遍了干枯的叶子，蜘蛛网也到处都是。里面一片昏暗，这点倒是正合菲奥娜的意，这样一来她就看不到潜伏在角落里的蜘蛛了。

这时菲奥娜又瞄了手机一眼，达伦马上问道："有消息不？"

她摇了摇头。"我再给她发条信息，不过之前发的五条短

信贾瑞拉都没有回复,我想再发也只是白费劲。"

"这么急叫我来这儿干吗?"麦克问。

菲奥娜和达伦你一句我一句,把自己知道的摄魂号角的一切告诉了麦克。麦克听后鼓着脸说:"不可能!你们是说四灵兽其实并没有什么特殊的地方?当时他们就是几个小孩子而已?"

"我没这么说,"菲奥娜立即答道,"书上只是说,大多数小幻兽很轻易就会被打败。不过显然,尽管还没成年,他们也拥有某种非凡的力量。"

"但摄魂号角对他们不起作用,都是因为他们的年龄。"达伦说道,"现在的他们可不会再对号角免疫了。"

"对,一千年后的他们应该都成年了吧。"麦克开玩笑道,但没人笑。

"该怎么办好呢?"菲奥娜问,"得赶紧把这件事告诉他们才行,可是怎么说好呢?直接说他们是在拿鸡蛋碰石头,这样的话他们多半听不进去。"

达伦对麦克说:"你去跟你爷爷说吧。毕竟他是你爷爷,你对他了解些。特里安老师就不同了,我们根本不知道她是什么脾气的人。"

"嗯,这个嘛……但问题是,"麦克结结巴巴地说,"我跟吉昌最近不说话了。"

菲奥娜把眼睛睁大了。"为什么不说话了?"她问,"你们在闹哪样?"

"我们吵了一架,挺没必要的。"麦克说,"我只不过是叫他帮个忙。我……我……"

"往下说，"达伦说，"告诉我们吧。"

"其实你们都知道了，"麦克叹气说，"我不会变身，甚至不知从哪儿下手。我本以为自己的爷爷，既然是有史以来最厉害的幻兽之一，多少能指点我一下吧。可结果怎样呢？也许这样的要求太过分了吧！"

见麦克低头尴尬地望着地面，达伦和菲奥娜对望了一眼。

过了好一会儿，菲奥娜说："麦克，你迟早能变身的。"

"谁都这么说。"麦克答道，"可你们懂不？一天不变身，我就不是真正的幻兽。在你们中间，我就只是个凑热闹的废物。"

"当然不是这样。"达伦斩钉截铁地说。

菲奥娜紧接着说："如果你不是幻兽，难道你爷爷和特里安老师会不知道吗？他们显然认定你是幻兽了。"

"我们也相信你是幻兽。"达伦说。

"谢谢了。"麦克虽然这样说，却掩饰不住脸上失落的表情，这一切菲奥娜都看在了眼里。想要他振作起来，除非他能学会怎么变身吧。

"那么，你回家后会找你爷爷谈一谈吧？"达伦问。

麦克望向树屋的窗外。现在雨下得更猛了。"我们不如明天再跟特里安老师说吧。"他提议道。

菲奥娜皱起了眉头。"但是——"

"听着，"麦克打断她道，"我刚跟爷爷大吵了一架，对不？你们想象一下，我走进屋里，然后说他并没有自己以为的那么厉害。他会怎么想？你们觉得这事最后会有怎样的结局？"

"这倒也是。"菲奥娜说。

"不如这样，"麦克继续说，"明天的幻兽修炼课，我们一起找特里安老师。既然你们俩亲眼看过了那本古书，就由你们来跟她说。"

"等到明天再说会不会太迟了？"达伦问。

"不迟，"麦克说，"吉昌每天下午都看气象台的预报。三天之内飓风都不会来。"

"贾瑞拉去哪儿了？"菲奥娜突然问，"过了这么久还不回我短信，简直岂有此理。"

雨水猛然倾盆而下，把屋顶砸得"哗啦哗啦"地响，把他们吓得纷纷抬起头来看。几分钟后，雨又小下去了，滴滴答答地持续敲打着木屋顶。纷纷细雨奏出的曲调特抚慰人心，倘若不是想到邪恶的巫师正在逼近，想要统治整个世界，他们真要陶醉其中了。

"可能她把手机弄丢了吧。"达伦说。

"也许是这样吧。"菲奥娜虽然这样说，然而瞎子都看得出，她并不相信是这种情况。

第十一章

魔法号角奏响
The Magic Horn Is Calling

她跟狼人只有一步之遥，脸上都能感到狼人呼出的热气，然而她丝毫不退缩，面对危险，金色的眼睛都不眨一下。倘若不是达伦插手，师生两人也不知会对峙多久。

　　第二天早上，贾瑞拉早早就守候在莉贝思的储物柜前。昨晚在网上聊天时，莉贝思说得很清楚了，漏掉一点点都不行。她往自己的小镜子瞟去一眼：已经扎了马尾辫，也戴了对金色的小耳环，另外眼睛也是正常的棕色。没什么可担心的，贾瑞拉对自己说。莉贝思毕竟是自己的闺蜜嘛……是不是呢？突然，有人从她手中夺走镜子，把它合上了。当然，除了莉贝思还能是谁呢？

　　"你真是自恋得要命！"莉贝思说，从笑容看来，她似乎只是调侃一下而已，但眼睛流露出来的却是如假包换的嘲讽刻薄，"老是带着这面镜子在身上，一有空就看看自己是不是美如大仙，是不？"

　　"哪有？我照镜子只不过是因为，我的头发简直就是灾难现场。"贾瑞拉不假思索地说。在莉贝思嘲笑你时，你最好就附和她贬低自己，这样才是稳当的做法，"我不得不把马尾辫解了又绑，都三次了。"

　　"你的头发确实乱糟糟的，"莉贝思得意地说，"可能是雨淋的吧。"

　　这时黛西和凯蒂走了过来，贾瑞拉朝她们招了招手。

　　"贾瑞拉！"黛西高声说，"昨天是怎么回事？放学后你干吗跟那个叫麦克的男生讲个不停？我本想找你去玩的。"

贾瑞拉耸了耸肩，说："哪有讲个不停？我只不过跟他打了个招呼，之后就回家去了。"

"黛西告诉我，前些天你在足球训练中表现惊人。"凯蒂说。

"没有啦，哪有什么惊人的？"贾瑞拉说。

"还不够惊人呀？！"黛西的声音里夹着妒忌，"我从没见你跑得这么快，踢得这么有劲。哇，太厉害了。连康纳斯教练都看傻了，我好像听到他说了句'超级新星诞生了'之类的话。"

"看来你在旧体育馆里学到了不少东西嘛！"莉贝思说。

贾瑞拉想笑一下，但挤不出笑容来。她在心里想，难道我的幻兽力量在足球场上显神威了？倘若在练球时忽然就开始变身了呢？她越想越慌：我能阻止变身吗？还是会完全失去控制？

"喂！"莉贝思猛地扯了一下贾瑞拉的马尾辫，"你神游到哪颗星球去了？"

"数学测验让我很烦心。"贾瑞拉说，"你们最近在干啥？"

"这正是我想要问你的问题。"莉贝思睁着一双蓝色的眼睛说，"开学第一天后，我就没怎么见过你了。干吗老和那些怪胎在一起？跟谁不好呀，竟然是菲奥娜！你脑子没进水吧？更别提那个柳树湾漫画书之王了。"

"就是，如果麦克是个超级英雄，那叫他废物队长最合适不过了。"黛西"咯咯"地笑着说，"而达伦太——"

"达伦还好啦。"莉贝思插嘴道，"至少他挺可爱的，但不管怎样，你都不能撇开闺蜜。"

"我——"贾瑞拉欲言又止。她当然想替那些幻兽朋友说

几句公道话，可是这样一来……

"贾瑞拉！"

当菲奥娜那高亢的声音在走廊中回响时，贾瑞拉慌得把眼睛都闭上了，她的心里在喊：菲奥娜，不要，千万别过来。但菲奥娜已经走到了身前，后面跟着的正是麦克和达伦。

不必把眼睛睁开，贾瑞拉也知道莉贝思此刻正拿眼睛瞪着自己。她跟莉贝思那伙人的关系是怎样的走向，就看她接下来是怎样的表现了。

"叫我干吗？"贾瑞拉冷冷地问。

菲奥娜愣住了，连眨了几下眼睛。"我——昨天你收到我的短信了吗？"她问道。

菲奥娜并不晓得，她这样问正合贾瑞拉的心意。

"对，我收到了。"贾瑞拉随口答道，一副毫不在意的样子。但实情是，她稀里糊涂把手机锁在学校的储物柜里一整晚了，不过她可不会说出来。

"为什么你不回信息？"麦克问。

贾瑞拉叹了口气，凑近莉贝思的耳朵说悄悄话。莉贝思听得眉飞色舞，还大声地笑了起来，虽然贾瑞拉也没说什么特别有趣的话。如果是别人，见这情形早就灰溜溜地走了，但菲奥娜却不依不饶。"我有话跟你说，"她意味深长地望了贾瑞拉一眼，"很要紧的话。"

这次，轮到凯蒂和黛西大声笑了出来。

"没见我现在跟朋友们在一起吗？"贾瑞拉不耐烦地说，"你干吗不去找你的朋友？"然后她转过身去了，感觉自己就是天底下心眼最坏的人。莉贝思、凯蒂、黛西也转身不理睬他们了。

虽然菲奥娜眼里流露出气愤和痛苦的神色，虽然达伦和麦克也反感地瞪着自己，贾瑞拉却如同没看到一般，把马尾辫甩到肩头的一边。

菲奥娜气冲冲地跑了，两个男孩也不再说什么，追了上去。贾瑞拉也想转身去找他们。但她不敢。

一整天贾瑞拉都陷入了自责中，觉得自己坏透了。我跟莉贝思一样心肠恶毒，甚至比她还坏，她伤心地想。贾瑞拉并不想成为这类人。她在心里保证，吃了午饭，一进旧体育馆马上就向菲奥娜、麦克、达伦道歉。

来到旧体育馆，贾瑞拉发现除了特里安老师，其他人都在。她连忙大步走过去，恨不得立即就到他们面前道歉，另外再问问菲奥娜，早上想要告诉自己的是什么事情。

那三个人正在长凳边挤成一团，互相交头接耳。

"嘿！"她叫得很响亮，声音在这四周是混凝土墙体的空间里回响，把大家吓了一跳。

达伦转过身来，一道闪电忽然从他的手掌处劈来，打在贾瑞拉脚边的地砖上，火花顿时四溅，连她的两只鞋子也留下了烧灼的痕迹。这道闪电要表达的意思一目了然：他们是他们，她是她，别来套近乎。

"这也太狠了吧，达伦。"她声音颤抖，"太狠了！"

达伦站直了身子。"抱歉，这是个意外，你该不会以为我是故意的吧？"他问，"那些话你都准备好了吗？"

"什么话？"贾瑞拉问。

第十一章 魔法号角奏响

"如果伤到了别人的心,我会道歉。"达伦说,"今天早上你把菲奥娜伤得不轻,其实我们所有人都被你伤到了,却没有听到你说一句道歉的话。"

贾瑞拉忽然来了脾气。"因为你都不给我机会。"她生气地说,"我一来你就用闪电劈我!"

"我并没有打到你。"达伦说。

菲奥娜忙说:"达伦,跟她说那么多干吗?浪费口水!"

"你能不能给我个机会解释一下?"贾瑞拉恳求道。

"有什么好解释的?"麦克说,"今天早上的事已经说明了一切,你一心只想成为学校里受人追捧的女孩,其他什么都不在乎。你明明知道那样做会有什么后果,但显然,只有那傻里傻气的马尾巴组合在你心里才是最重要的。"

"好吧,随你怎么说。"贾瑞拉说,"那不如讲一下对你最重要的事情吧——你发了疯般想要变身。你才不关心巫师奥登什么时候会来害人,只关心自己能不能变身。别不承认!"

"继续拿话来刺激我吧,别客气。"麦克说,"抱歉得很,我不懂怎么变身。这对我很不容易,并不是随随便便把海豹皮一披上,然后'嗖'的一声立刻就变了身——"

"嘿!"菲奥娜嚷道,"你知道我为了找回被盗走的海豹皮披风,费了多少工夫,受了多少折磨吗?"

"拜托。直到这个星期,你才知道海豹皮的存在。费了什么工夫?受了什么折磨?"麦克说。

"你们这是干吗?有什么好争的?"达伦说,"也许你别那么自怨自艾,就能想出变身的法子来了!"

"够了！"大家都扯起嗓子嚷，没人知道特里安老师什么时候进了体育馆。她气坏了，摇着头说："闹不和，互相拆台作对——你们这样子正合巫师奥登的意。他什么阴损招都没出，你们就自乱阵脚了，岂不是帮了他的大忙？"

虽然知道特里安老师说得一点儿都没错，但贾瑞拉太羞愧了，一句话也说不出来。从众人的表情看来，羞愧得无地自容的并不止贾瑞拉一个。

"我们有正事要做，"特里安老师继续说，"如果你们吵完了——"

"特里安老师，等等，"菲奥娜大声说道，"有件事我们得告诉您。非常紧要的事。"

特里安老师注视着菲奥娜："说吧。"

"昨天，我跟达伦去了新布莱顿大学的珍本书库……"

但菲奥娜没机会把话说完。就在这时，"呜呜"的声音忽然响彻整座体育馆。跟雾笛的声音差不多，可听着却令人毛骨悚然，连骨头也随之共振。

贾瑞拉立定身子，保持平衡。这声音似乎把她肺里的空气吸走，气都喘不过来了……接着……就是一片安静，让人感到甜蜜舒畅却无尽空虚的安静。

"这是怎么——"达伦颤抖着声音问。

一道光闪过，烟雾的气味接着扑鼻而来……

看到特里安老师变身，除了贾瑞拉惊讶得合不拢嘴，其他人还都比较平静。接着他们面前就出现了一个狼人，狼人注视着他们，两只眼睛一眨也不眨，还发出奇异的红色光芒。她的眼睛，贾瑞拉心中很惊讶，她的眼睛怎么会这样？

狼人舒展身体，咆哮了一声。那声音听着比刚才的号角声还吓人。狼人向门口冲去，但贾瑞拉不能让她就这样跑了！此时贾瑞拉也已经变身为美洲虎，要干什么都变得轻易得多了。她往前奔去，连跃三下，就到了体育馆大门边，挡在变为狼人的特里安老师面前。停下！她通过心灵感应大叫，你要去哪里？我们需要你。

这不是她认识的特里安老师。这可怕的生物大声咆哮着，尖锐的牙齿竟向她咬来。

"快躲开，贾瑞拉！"菲奥娜喊道，"别挡她！"

这不行！贾瑞拉在脑子里尖叫道。

她跟狼人只有一步之遥，脸上都能感到狼人呼出的热气，然而她丝毫不退缩，面对危险，金色的眼睛都不眨一下。倘若不是达伦插手，师生两人也不知会对峙多久。

贾瑞拉并没有看到达伦变身，但突然之间他就从头顶俯冲而下，翅膀每拍一下就有强风袭来，她抵挡不住，往后摔倒在地，发出"嘭"的一声响。等她再抬起头来，体育馆的门都垮了。

特里安老师消失得无影无踪了。达伦恢复人身，向贾瑞拉跑去，伸手把她拉起来。他没有为自己把她击倒在地而道歉，她也没感谢他救了自己的性命。他们都明白，这些话不用说出口。

菲奥娜也走了过来，小脸蛋都苍白了，两眼圆睁着。

"刚才那响亮的噪声……那是摄魂号角发出来的。"她说，"就要大难临头了。"

第十二章

狐狸牙齿项链
The Fox Tooth Necklace

愤怒？

没错，就是愤怒，还有挫败……但最占据他心底的，却是那股誓不罢休的劲儿。

麦克四肢沉重僵硬，双脚感觉就像粘在了地面上。要不是那扇垮掉的门在无声地作证，他会以为刚才看到的所有事情都是一场梦而已，不太敢相信自己的眼睛了。

吉昌！他焦急地想，我得去找吉昌。

麦克向朋友们跑去，刚要开口说话，喇叭就"沙沙"地响了起来。

"请注意，老师同学们。"哈维校长的声音在体育馆中"嗡嗡"地响着，"由于飓风来得比预期早，现在宣布立即放学，请学生们马上到各自的校巴那儿报到。"

校长说完后，体育馆里顿时鸦雀无声，谁也不晓得该怎么办。过了一会儿，菲奥娜对麦克说："你爷爷……"

麦克都快要哭出来了。"我还没有告诉他摄魂号角的真相。"他伤心地说，"他还蒙在鼓里。"

菲奥娜想去握住麦克的手，但手刚伸出去又缩了回来。"他未必会有事。"她说。

麦克点了点头。未必有事——也许有事，也许没事，但至少心中还有个盼头。

"回家去找他。"达伦说，"然后大家在海滩集合。"

"谁能告诉我一下，到底发生了什么事？"贾瑞拉终于忍不住问，"特里安老师……之前是怎么回事？四灵兽不是对摄魂号角有抵抗力吗？"

"我得赶紧回家去了。"麦克忽然插嘴道。就让别人慢慢告诉她吧，此时此刻麦克恨不得马上飞到爷爷身边。

他天天坐校巴，感觉今天开得尤其慢，似乎好几个小时已经过去了。一到地方，他如同一道闪电般跳下了车，连"再见"也没跟乔尔说一声。

屋里屋外似乎都很正常：吉昌的车停在车道中，前门锁着，灯亮着，厨房的台面上还放着一杯冒着热气的茶。

"吉昌！"麦克叫道，"您在哪里？"

没人回答。

他从一间房跑到另一间房，嘴里喊着吉昌的名字，但没见到他的踪影。最后只剩下一个地方没找了：吉昌的卧室。麦克战战兢兢地走过去。他一定是躺在床上睡着了，麦克在心中安慰紧张的自己。他没想到我这么早就回家了，他连飓风提前来临都还不知道呢。

门关着，他的手停在门把手上，犹豫了一秒钟。他鼓起勇气，把门打开了，一股冷湿的空气随即扑面而来。吉昌的房间跟往常一样干净整齐，所有东西都井然有序……只有一处异样的地方，面向庭园的窗户上的玻璃碎了。看到那撕碎了的窗帘，还有窗台上新鲜的刮痕，麦克什么都明白了。

"哦，不！"麦克狂喊一声，跟跟跄跄地往后退，接着又看到地面上散落的玻璃碎片，吉昌最爱的木版画全被雨水泡湿了。他越看越痛心。

向着自己的房间跑去时，麦克既绝望又自责。这都是我的错。昨晚我就该提醒他了，我不但顽固还自私，老想着自己……没怎么去为他着想过。

这种情形之下，麦克能做些什么呢？他甚至还没掌握变身的方法。

麦克把自己的房门踢开，在里面来来回回地踱着，心里在想下一步该怎么办。身为人类的他帮不上什么忙，但他还是打算到海滩那儿，去跟大家集合。他束手无策，越想越觉得自己没用：从一开始，我就不该去上什么幻兽修炼课。

就在这时，床上有样东西引起了麦克的注意。那是个闪闪发亮的盒子，全身喷漆，盒盖上刻有复杂的图案。整个盒子就跟一副扑克牌差不多大。麦克非常肯定，自己从没见过这个盒子。他在盒子里找到了张仔细叠好的羊皮纸，上面是爷爷行云流水般优美的字体：

麦克：

我想念你的声音。自从七年前跟你住到一起，我的生命变得无比宁静。在宁静中，我们能更加清晰地倾听自己的内心。我的内心里满满的都是为你而自豪的感觉，要是你父母在，他们也会为你感到骄傲。跟大多数的争吵一样，我们吵得很无畏。但是，这次争吵也会像突如其来的飓风般，很快就会消散。到那时，盒子里的东西就是你的了。这是你生来就拥有的权利。

爱你的爷爷

麦克眨着眼睛，竭力忍住眼泪，手一松，羊皮纸掉落在地。他望向盒子，只见里面有件尖锐的物体，像瓷器，又像骨头，用一条皮绳子系着。麦克心想：这是什么？他取出那件东西，在眼前举起来看时，猛然明白这是什么了。

这是狐狸的牙齿。

一件件事情压得麦克喘不过气来：吉昌房间的窗户玻璃碎了，风"飕飕"地吹进来；他站在房子里的这一刻，他生命里很重要的那个人可能正面临致命的危险；还有这狐狸牙齿，如同剃刀般锐利，而且竟然在发着寒光。麦克把狐狸牙齿做的项链戴到脖子上，双手颤抖个不停，却不是因为害怕，不是因为惭愧，而是——愤怒？

没错，就是愤怒，还有挫败……但最占据他心底的，却是那股誓不罢休的劲儿。

接着麦克的眼睛发生了奇怪的变化，两眼的位置发生了移动，似乎正在朝两边拉伸开来。他的双手冒出了火焰，但是没有烧灼的感觉。颈后的头发竟然竖了起来。不对劲，那根本不是头发，而是软毛。

接下来的种种变化，突然得连麦克都没意识到就发生了。一股电流忽然涌起，在他身体的每条神经里横冲直撞。难道这就是……这个念头刚冒出，他就不再是人身了，开始了脱胎换骨般的变身。

变身完毕，麦克跑进了吉昌的房里，从那些散落在地上的玻璃碎片上，他瞥见了自己的映像。他哪里想得到，自己会是这么一副古怪模样：那是一只红色的狐狸，毛发光滑发亮，眼光异常锐利,看着非常机警灵敏。而最神奇的是,披着这么一身怪异的兽皮,麦克却感觉无比自在舒适。所有的怀疑都烟消云散了,他确实生来就是幻兽,这就是他的命运。到了这时候,麦克知道接下来该怎么办了。

现在他所有的感官都变得异常灵敏。透过那双狐狸眼睛,一切都无比清晰。在滴滴答答的雨声中,他还听到了别的声音:一英里之外汽车引擎的"轰轰"声,隔壁房子开灯的"咔嗒"声。不过此时视觉和听觉都不是麦克要依靠的感官,他知道,利用嗅觉才是找到吉昌的最快方式。人身时的麦克无法辨识出爷爷的气味,但化身为狐狸后一切就不同了。他闻到混杂着绿茶、丝绸屏风、竹子和墨汁的气味。那是他的吉昌发出的气味……无论如何,他都要找到吉昌。

麦克顺着爷爷的气味,跃过破损的窗子,但到了外头那股味就变淡了,还混进了树木和草叶的清新气味。虽然这样,麦克还是一步步追踪到了庭园的边缘,到了这儿爷爷的气味就完全消失在雨水中了。

麦克不再理会,就当没这回事,因为他不想让失望的情绪再次占据心底,更不想再像一只斗败了的公鸡般垂头丧气,那样的感觉太令他难受了。他撒开强壮的四条腿,向海滩狂奔而去。

他们全在那儿等着:美洲虎、闪电鸟,还有海豹人。雨水倾盆而下,他们浑身湿透了。看到化身为狐狸的麦克,他们欣喜若狂,发出了震撼的吼声。麦克心想,狐狸会笑吗?

这只无疑是会的。

但也仅是笑了那么一秒钟,因为麦克,还有其他人都感知到危险正在逼近。

"吉昌失踪了,"麦克说,"就跟特里安老师一样不见了。"

"我敢打赌,四灵兽其他几个人也不见了。"菲奥娜说。

达伦接着说:"我们现在该怎么办呢?"

"原先的计划已经被破坏。"菲奥娜说,她那双海豹眼睛现在看着比平常严肃得多,"四灵兽已经不能指望,他们现在都成为奥登的爪牙了。"

见麦克皱起了眉头,菲奥娜马上说了句"抱歉",但太小声了,他几乎什么都没听到。她说的可是他的亲爷爷。一天不解除奥登对吉昌下的咒语,麦克的心就无法得到安宁。

"不!"他忽然大喊道,"计划没有破坏。我们就是计划。"

麦克的话在四周回响,幻兽们全定定地注视着他。

"现在我们就是四灵兽,"他继续说,"他们一千年前做过的事情,该由我们来做了。我们得夺走摄魂号角,破除咒语。我们只有我们自己可以依靠。"

麦克屏着气,等待着朋友们的回答。要是他们不同意,出言拒绝,他会不会单独行动?他单枪匹马能搞定吗?

菲奥娜低下了头:"我以大海的名义起誓。"

"我以天空的名义起誓。"达伦说。

麦克和贾瑞拉长久地对视着。"我以大地的名义起誓。"他们同时说。

"那么,我们的计划是什么?"达伦问。

麦克伸手指向海岸线,这时飓风变强了很多,那边的一切都模模糊糊的。"飓风正在离开镇子。"他说,"我们得去追

第十二章 狐狸牙齿项链

赶它。"

"飓风有个中心，"菲奥娜说，"叫作暴风眼，那是一个风平浪静的地方。"

"你认为那儿藏着铁金刚奥登？"麦克问。

"如果我是他就会躲在那里。"她答道。

达伦说："如果铁金刚奥登真的在暴风眼里……"

"那他周围的暴风肯定就是他的幻兽军团。"麦克接着说。

"我们把他们分开，"贾瑞拉说，"引开他们，瓦解奥登的防御力量。"

"分而治之，各个攻破。"达伦补充道。

"没错！"贾瑞拉说，"只要我们其中一个人能拿到摄魂号角……"

"这事交给我来办。"麦克说。

每个人都朝他望来。

"为了吉昌，为了每个人。"他继续说，"我必须把摄魂号角拿到手。"

每一个人都点着头。接着贾瑞拉说："等等，之前的事……很抱歉。我在莉贝思面前那样羞辱你们，我太坏了。"

菲奥娜说："这个嘛……"

"请让我说下去，"贾瑞拉打断她说，"你们得相信我。我是站你们这边的，我是你们中的一员。我保证，永远不会再那样对你们。"

麦克深吸了一口气。"好的，"他说，"我们行动吧。"

第十三章
暴风眼里的交战
Battle in the Eye of Storm

  海水拥抱她，欢迎她，滔滔的白浪把她送到了大海的深处。然而，大海传来的歌声却跟以往的不同了，她从中听到了愤怒。菲奥娜立刻就明白，这儿并不只有她一个人。

菲奥娜第一个出发，向着汹涌的大海冲了过去。曾经向爸爸做出的保证，这时忽然从她脑子里冒了出来，不过接着她想起了自己强壮的脚蹼，还有力大无比的尾巴。在心里她跟自己说：那个叫菲奥娜的女孩不准踏进风暴笼罩中的大海半步……可是，那个叫菲奥娜的海豹人却不一样，她就是为大海而生的。

海水拥抱她、欢迎她，滔滔的白浪把她送到了大海的深处。然而，大海传来的歌声却跟以往的不同了，她从中听到了愤怒。菲奥娜立刻就明白，这儿并不只有她一个人。大海里还有别的东西，还有跟她一样的生物！

虽然巨浪滔天、海水嗨喑，菲奥娜什么也看不清楚，但她依然能感知到他们的存在。她还感觉得出，现在发生的一切跟他们有关。铁金刚奥登施下的魔咒驱使他们，制造出惊涛骇浪来。

菲奥娜明白了，这一切都存在关联：大海与天空，波浪与天气，潮水与季节。

我必须阻止这些海里的幻兽，她心想。但是该怎么做呢？他们是跟她一样的幻兽；他们是无辜的，只不过受到了魔咒的迷惑。菲奥娜不想伤害他们。她对自己说：不，不能伤害他们，得想别的办法才行。

海豹人的歌谣菲奥娜一点儿也不懂。她还不会用声音施展魔法。但她速度快，可以把幻兽们引离飓风。

菲奥娜在敌阵中进出冲撞，尾随海豚人和海豹人，绕着海獭和鲨鱼不断转圈儿。他们发光的红眼睛就像雾一般迷茫空虚，菲奥娜一见就明白，他们全被奥登控制了。

当那些幻兽追赶菲奥娜时，她时而跃出海面，时而一头扎进水里，逐渐游到了大海的深处，离岸非常遥远了。

幻兽们一个个浮出了海面：有海豚，还有各种颜色的海豹。她成功把他们引开了，使他们忘记了执行巫师的任务。这时，她发现海水开始平静下来了——她的主意真的奏效了！

菲奥娜在心中发誓：我要不停地游，就算游到昏迷也在所不惜。这时，她跳出了水面，深吸了一口气——奇怪，那边的是什么东西？她看到了一只古铜色的海豹，竟然正在凝视自己，但她没时间去理会了。

菲奥娜再次扎进了水里。

达伦只拍了两下翅膀，就立马升到了天空中。不到一分钟的时间，他就飞得很高很远了，海滩上的麦克和贾瑞拉消失在了视线之内。

飞了没一会儿达伦就发觉，周围的气流既可以是他的帮手，也可以是他的阻碍。他不能一个劲儿地直着飞。他得预估每股无形的气流从哪儿来，往哪个方向吹去。然后他得在一瞬间做出决定，是飞到气流上面，还是飞到气流的底下，或者顺

第十三章 暴风眼里的交战

着气流滑翔。

就连云也在跟达伦作对——乌云布满天际,一切都灰蒙蒙的,如果周围有别的幻兽在飞翔,也难以看到。达伦飞得越高,天空越是阴暗,最终眼前一片灰暗,几乎什么也看不清。

天色越来越暗,忽然有个长翼的生物摇摇摆摆冲来。"嗖嗖"!达伦猛地闪到一边去,差点儿就撞上了。他的心脏"咚咚"地剧烈跳动着,要是在半空相撞,下场可就难看了。他的翅膀很可能会折断,然后他就会一头往地面栽下去,而羽毛则在天空纷飞。他越想越后怕。

此时达伦仍然不清楚,从何处下手打败巫师,但显然他得先看看自己能不能克服风暴自由飞翔。想到可能会在半空相撞坠落,他心里恐慌之下,爪子随之一紧,"噼噼啪啪"地迸射出了火花。

火光照亮了达伦的心。

对了,达伦心想,我有闪电这个本领呢。

他从没故意射出过闪电,也许他是时候试一试了。

达伦拍打着翅膀,把身体里剩下的能量全都输送到爪子里。那儿仍然火花闪烁,他感到脖子里有电荷之类的东西,它把能量收集起来,然后涌向身体各处,最终——

"咔嚓"!

他的爪子迸射出极其绚烂夺目的闪电,这道闪电是蓝白色的,并且弥漫着深橙色的彩光。闪电照亮了天空,把乌云撕开了一道口子,从这道口子里,达伦把下面的海滩看得清清楚楚。

达伦眨了眨眼睛。他没有眼花,乌云竟然穿了个洞……他的闪电真的把云朵一劈为二了。

我能制服风暴,他心中豁然开朗。他只需要朝飓风发射闪电,一切就能搞定。耀眼的闪电不断呼啸飞去,撕裂黑暗,所经之处留下一道道亮光,那是希望之光。

达伦和菲奥娜离去后,身处广阔无垠的海滩上的贾瑞拉,突然之间感到自己无比弱小。她真庆幸身边还站着麦克,有他陪伴,不管面对什么都没那么可怕了。

"我们出发吧!"她说。语气听着虽然勇敢,实际上却不是那么一回事。

麦克点了点头,然后他们一起离开了,身后那潮湿的沙滩上留下了两行脚印。

贾瑞拉只回头望了一眼,但已经看得够清楚了,麦克的爪印正冒出烟来。真是太酷了,她心中惊叹不已。然而此时的她可不能有一点点分心,于是她就把这事放一边去了。

跑了几分钟,海滩上仍然只有他俩。贾瑞拉觉得很没道理,要知道,身为幻兽的他们速度是非常惊人的!铁金刚奥登的军团哪里去了呢?她在心里嘀咕。

风暴越来越猛烈了。

贾瑞拉抬起头,仔细倾听。寂静之中似乎听到有什么在鸣响,感觉仿佛是来自记忆中的声音……感觉像是什么在颤动……

她真的听到了什么吗?或者她只是还没习惯美洲虎超级灵

第十三章 暴风眼里的交战

敏的听觉?

贾瑞拉其实并不肯定。但看到麦克的毛发都竖了起来,她猜想他也听到了,或者说也感觉到了。从表情看来,他就跟她一样困惑。

"那是怎么回事?"贾瑞拉问。

"总之很令人害怕,"麦克说,"我都起鸡皮疙瘩了。"

"我们已经到暴风眼了吗?"贾瑞拉突然问,"雨好像小了很多。"

"风也小了。"麦克说。

贾瑞拉回想起菲奥娜对暴风眼的描述。那是一个风平浪静的地方……哦,不,这儿不是暴风眼,这是别的地方。

这时贾瑞拉看到在停车场附近,有一股迷雾正涌过来。奇怪,她心想,不对劲,雾应该是从海里来才对,而不是从大街上。

她眯起金色的虎眼使劲看,看向更远的地方。这时她一下子明白过来了——

"麦克!"贾瑞拉大声尖叫,"快跑!"

她使尽全力推了麦克一把。他摔了一跤,接着就明白过来了,撒开冒着火焰的爪子,朝真正的暴风眼狂奔而去。贾瑞拉发现,那儿的云层变得更加乌黑了。

贾瑞拉却立在原地不动。她知道即将到来的是什么,但她就是不走。成千上万的牛、鬣狗、虎、狐狸、蛇,就像可怕的怪物般呼啸着聚在一起,在雨水的掩护下往前冲,激起了遮天蔽日的滚滚沙尘。望着他们朝自己而来,贾瑞拉心中却出奇地平静。

她猛地跃进野兽的海洋之中，张牙舞爪，血液都沸腾起来了。最前头的野兽散开来了，紧紧追赶她。突围而出后，她尽可能把他们引离麦克的方向。这是我的职责，她在心里想，这就是我要起的作用。

麦克一眼也没往身后看。这种情况之下，让他如何转得了头？贾瑞拉要么逃脱了，要么被——

不，她会逃掉的。她必须得逃掉。正如麦克必须得进入暴风眼，夺取摄魂号角，接着……

但老实说，接着怎么办麦克一点儿头绪也没有。到了那儿后，他必须得想明白这个问题。

即使没有回头麦克也知道，这群幻兽离自己越来越远了。他爪子之下的大地已经不像之前那般剧烈颤动，如果他们从身后追来，那么他们激起的沙暴早就把自己笼罩了。也许贾瑞拉击退了他们，麦克心想。他还看到了别的迹象，带来希望的迹象。麦克非常肯定，潮水已经平静了下来，连天上的云看着也没之前那么阴沉了。那些云有些许发亮，似乎阳光正试图穿透它们送来光明。

接着他明白过来了，自己已经来到了暴风眼。

他静立不动，竖起耳朵，倾听每一个声音。然后他缓缓地转着头，察看周围的情况，一点儿风吹草动都不放过。

什么也没有。

"现身吧！"麦克大叫。

第十三章 暴风眼里的交战

也许巫师根本就不在这儿，他正这么想着时，耳边却响起了沙哑低沉的笑声。他顿时毛发竖起，咧开嘴巴，龇出一口锋利尖锐的牙齿，摆好迎战巫师奥登的架势。

"你的魔法拿我没办法。"麦克大声嚷道。说出这么勇敢的话，他心里也感到惊讶。

"你是说摄魂号角拿你没办法吧。"铁金刚奥登纠正道。

呛人的浓雾忽然腾起，在麦克的爪子边萦绕，紧接着巫师就现身了。先是一个影子冒了出来，然后影子化身成为奥登。

这一切是怎么发生的，麦克根本说不清楚。奥登是在迷雾的掩护之下靠近自己的吗？还是一直就在他身边，只是无形无状看不见？不管是哪种吧，总之他是来了！面前这个高高的家伙，骨瘦如柴，脸颊凹陷，眼神空洞得不带一丝一毫的感情。

"尽管如此，我拥有的力量之强大仍然是出乎你想象的。"奥登继续懒洋洋、慢吞吞地说。

麦克忽然觉得这家伙的声音好讨厌。

"你要跟我决斗吗？"麦克问。

奥登又笑了："跟你决斗？我根本不知道你是谁，你这乳臭未干的小子用得着我出手吗？"

然后，奥登吹了声口哨，似乎在呼唤一条狗。阴影之中忽然跳出个东西来，它有九条尾巴，洁白的毛发如同雪一般柔软，也跟麦克一样爪子正吐着红色的火舌。

麦克立即认出这是他的爷爷！就算闭上眼，他也能用鼻子闻得出。

"吉昌!"麦克叫了出来,心头的大石终于落地了。爷爷还活着,平安无事,他知道怎么对付巫师,有他在一切都不成问题了。

可是吉昌用怪异的红眼睛瞪着麦克,似乎不认识他一般。吉昌伏低身子,凶狠地咆哮,然后朝麦克扑来。麦克赶紧跳到一边去,险些就中了招。

奥登笑了。"吉昌?"他得意扬扬地说,"原来你是伟大的亚基拉的孙子,木村家族最后一代的火狐。之前,我就收到风声,他把一个孩子藏了起来。原来就是你呀。现在,我就要亲眼看着他把你撕成碎片!我想这感觉一定非常美妙。你说是不是呀?老头儿对小孩儿,两个只能活一个!"

爷爷受到了奥登的控制,麦克哪有机会接近他呢?哪能破除他身上的咒语呢?

拿到摄魂号角是唯一的办法,麦克心想。

有一件事是确定无疑的:麦克不能跟亲爷爷动手。就算真的打起来,他也非常清楚自己绝不是吉昌的对手。吉昌是这个世界上最厉害的火狐,经过一千多年的修炼,到如今已拥有了九条尾巴。可是麦克只有一条。

这不是一场公平的决斗,实力悬殊非常大。自己会是什么下场,麦克已经明白得很了。在吉昌围着他转,并且大声咆哮之时,麦克心中只有一个想法:但愿爷爷以后永远也不要记得,接下来对自己的孙子干过的事情。

在那一刻，麦克感到无比孤单。

不！他突然意识到，自己并不是孤零零一个人。他能感觉到其他人的存在，这些人全都在附近。除了贾瑞拉、达伦和菲奥娜，还有奥登军团里的幻兽们。虽然他不认识，但是幻兽都是一家人。这是我们的战争！麦克用心灵感应，向沙滩上每个幻兽传达信息，现在就跟我一起并肩战斗吧！

麦克召唤他们的魔力，为他所用。魔力不断流进了他的身体里。那种感觉最终也跟变身的过程差不了多少。麦克只需要让意念进入身体深处即可。他感到自己的力量正向外蔓延开去，接触天上地下以及海里的幻兽。虽然他们的身体被奥登控制住，但思想、魔法、灵魂还是他们自己的。刹那之间，他们的力量就成了麦克的力量。

美洲虎的速度……

牛的力气……

海豚的敏捷……

海豹的聪明……

狼的凶猛……

鬣狗的机智……

闪电鸟的勇敢……

一瞬间，麦克成了拥有无与伦比的力量的人。而铁金刚奥登在他眼里，只不过是只小虫子而已。

咒语必将破除，麦克这么想着时，感到体内的力量在汹涌奔腾。

虽然薄雾弥漫笼罩了一切，但吉昌也感觉到了形势的变化。当麦克大声咆哮时，吉昌的身体颤抖了，似乎吓得就要昏睡过去。

铁金刚奥登看到吉昌蜷缩后退的样子，脸上浮现出邪恶的笑容。"你很勇敢，我欣赏这样的斗士。"他嗤笑着说，"这样一来你的死亡，更能给我增添乐趣了。我们可以开始了吗？"

麦克甩过头来，又咆哮了一声。然后他朝奥登冲去，速度快到不可思议。

奥登措手不及，慌乱中他抓住了麦克的毛发，念起了咒语，但麦克把他打翻在地了。他还没来得及喘上一口气，麦克又朝他冲去。

数千个幻兽的力量在麦克的血管里流淌，他极快，极机灵，极勇猛，极强壮，所向无敌。

连铁金刚奥登也不是他的对手。

当然，化身为火狐的麦克并不只是力气大。他的爪子如同匕首，狐掌吐着火舌，牙齿能撕能咬。铁金刚奥登的盔甲施了最邪恶的魔法，依然招架不住。

狐狸疯狂发动攻击，撕咬抓挠，使出各种手段。

奥登胆战心惊，眼睛都瞪大了，他挥动盾牌，把麦克撞到一边去。但紧接着麦克又扑了上来，使尽臀部的每一分力量，狠狠咬住巫师的手臂。就在这时，号角从奥登的外套中掉落，听声音显然破裂了。

摄魂号角！麦克心中叫道。

麦克放开巫师，向号角扑去。

铁金刚奥登化为一阵烟雾消失了……
一切也随之消失不见。

尾声
Epilogue

麦克摇摇头。他想起在海滩上，在暴风眼里发生的事情。但大部分的记忆都模模糊糊，仿佛隔着一层雾。

昏睡中的麦克听到了自己痛苦的呻吟声，剧烈的疼痛感涌上心头。大脑深处的某个地方，回响着一个想法：痛代表还活着。

麦克睁开了眼睛。他做梦也想不到，竟然躺在自己的床上。这怎么可能？周围的一切都显得那么……平常。难道他只是做了个噩梦而已吗？

他往脖子摸去，狐狸牙齿项链仍然戴在脖子上。他不是做梦，只是发生的这一切太过惊异了，令人无法消化。

他缓缓地挪下了床。浑身上下每一块肌肉都在发痛。他想扑回床上蒙头大睡，睡他个天荒地老，不省人事。但他看到太阳已经高高挂在窗外了。他在家多久了？他是怎么回到这儿的呢？

麦克一瘸一拐地走到客厅。只见菲奥娜正裹在一条厚厚的毯子里，捧着杯绿茶暖手；贾瑞拉看着很寻常，除了那双闪亮的金色眼睛；特里安老师在给达伦的手指绑绷带，痛得他龇牙咧嘴。

而在麻将桌边的则是他的爷爷，爷爷边哼着曲子，边摆着麻将牌。他的两位老友塞富和雅拉也在。电视开着，正报道有史以来最具破坏力的飓风所造成的损失，但大家一点儿都不关心这事。

没人注意到麦克。

过了一会儿，吉昌抬起头来发现了麦克，一张满布皱纹的老脸顿时笑成了一朵花。"麦克！"他叫道。

麦克一蹦一跳地向爷爷跑过去，完全忘记了身上的疼痛。他们看到他全都欢呼起来。他抱着爷爷，把头埋在爷爷的肩膀上，喃喃地说："您没事？"

"多亏了你，"爷爷说，"我才捡回了这条命。"

麦克摇摇头。他想起在海滩上，在暴风眼里发生的事情。但大部分的记忆都模模糊糊，仿佛隔着一层雾。

他说："怎么会……"

吉昌的眼睛闪闪发亮。"那是古老的火狐魔力，非常罕见。"他说，"它能借来其他幻兽的力量。当然啦，一下子从不同的幻兽身上汲取这么多的力量，这有点儿太过头了。"

麦克有点儿尴尬。吉昌又说："要是可以的话，他们会跟你并肩战斗。但摄魂号角对他们施了咒语，这种情形之下，他们至多也只有把自己的力量献给你了。"

"你一定很想知道，在你跟奥登决斗时，别人都在干些什么吧？"特里安老师大声说。

"我在海里，身边围着许多海豹……还有海豚。"菲奥娜说。

"海豚人，"雅拉说，"像我这样的海豚人。"

"海豹人的魔法我还一点儿都不懂。但我成功把海里那些幻兽引到别处去，然后奇怪的事情发生了，汹涌的海浪马上就

平静了,似乎飓风是那些幻兽弄出来的,而我则扰乱了他们的行动。"

"我飞到天空,穿越飓风。"达伦回忆当时的情景,"那儿一片昏黑,我什么也看不清。于是我射出闪电,闪电就像刀子般切开了乌云。"

"原来是这样!"麦克突然说,"我还以为自己看到的是阳光呢。"

"真想不到年纪小小的闪电鸟,能够发射出这么多的闪电。"在房子另一边的塞富说,"差点儿就打中了我,当时变身为鬣狗人的我正在追赶这位勇敢的小姑娘。"他指了指贾瑞拉。

麦克也扭头望向贾瑞拉,说:"抱歉,我扔下你跑了。"

"你也是迫不得已,"她马上说,"没事,别放在心上。他们在后面追我,这正合我意。我就是要引开他们,好让你能跑掉。"

"你真勇敢,真了不起。"麦克说,语气中满是佩服。

贾瑞拉把手一摆。"说到勇敢,哪比得上打倒铁金刚奥登的人?"她说,"多亏你号角才破裂了,奥登对幻兽施下的咒语才能破除。特里安老师说,那些幻兽大多数都平安回家去了。"

"只有一些留下来帮忙清理现场。"达伦说,"还好奥登没再出现。"

麦克十分惊慌,说:"这么说铁金刚奥登他……"

吉昌和特里安老师对望了好一会儿。"他逃走了。"吉昌说,"我不知道……我们谁也搞不懂他是怎么逃掉的。"

"肯定是使用了黑暗魔法。"雅拉咕哝道。

"不管是怎么办到的吧,总之他是逃掉了,还带走了受损的号角。"吉昌继续说。

麦克忧心忡忡。那岂不是……白费劲了?铁金刚奥登还逍遥自在,号角还在恶人手上。麦克只是将一场灾难推迟了,过多久灾难又会卷土重来呢?

"经此一战,铁金刚奥登受到了重创。"吉昌说,似乎知道麦克在想什么一般,"号角也已经破裂,估计得好久才能修复好。我们有非常多的时间,为下一次的袭击做好准备。"

"你们今天所做的一切将被牢记。"特里安老师望着她那四名学生说,"在最黑暗的时刻,你们挺身而出,力挽狂澜。这是一个壮举。"

"顶呱呱!"贾瑞拉说。

大家都笑了,四灵兽笑得尤其大声。

吉昌注视着麦克,表情怪怪的。"你变身吧。"他说。

"在这儿?"麦克问,"现在?"

吉昌点头:"瞧一瞧你的勇敢给自己赢得了什么。"

在房间正中央当众变身,麦克多少有点儿难为情,他竭力做出大方自然的样子来。变完身后他环视四周,大家都在望着他,每个人似乎都很欢喜,赞叹声不绝于耳。

尾声

麦克转身,然后惊讶地发现,自己现在有两条尾巴了。第二条尾巴一下子就冒了出来,看着怪怪的,却很漂亮,太令麦克意外了。

"火狐每学会一种本领,就多一条尾巴。"吉昌低声说,"我没能帮你就是这个原因,虽然我很想帮你,但谁知道你身体里潜伏着什么样的力量呢?唯有时间才能告诉我们。时间,以及你自己的努力。如果你的身体还没准备好,就贸然教你一些火狐的本领,那是很危险的事情。强行推进第一次变身的发生,危险就更大了。这种错误我……不会再犯了。"

麦克不知说什么。

"而且麦克,你并不需要我帮忙。"吉昌继续说,"你完全能自己办到。"

为了能再一次拥抱爷爷,麦克变回了人身。"吉昌,"他轻声说,"以后就叫我真琴吧。"

他心想,为什么他不能在朋友那儿是麦克,而在爷爷面前就是真琴呢?那实在很没道理。要是他能既是人类也是幻兽,能既是个男孩也是火狐,那就没什么是不可以的。麦克明白了一个最根本的道理,从今以后这一点显得尤其重要:他要去拥抱所有的可能,不放过一切机会,接受自己的全部。

麦克进行了第三次变身,原因没别的,只是因为他能。变身越来越容易,他也更有自信心了。他相信只要努力去做,不断去尝试,没有什么是自己无法掌握的。在四灵兽的注视下,菲奥娜、达伦、贾瑞拉也一个接一个变身了。

毕竟,铁金刚奥登还会回来。

到了那天,每个幻兽都做好了准备。

下集预告

翡翠面具

贾瑞拉享受在球场上奔驰的快感，然而球场正成为她的噩梦：她的眼睛会随时变色，爪子会突然冒出来把球鞋钻穿。她会变成半人半兽被人嘲笑的怪物吗？这让贾瑞拉陷入了恐慌之中。

然而，一场更大的恐慌，正向每个幻兽笼罩而来。

四灵兽收到情报，铁金刚奥登想利用色西罗盘，对付小幻兽们。依靠色西罗盘的指引，他能找到躺在世界上任何角落的幻兽。他们必须抢先一步，得到这件神奇的宝物，否则幻兽的命运就岌岌可危。但色西罗盘失踪多年，没人知道它藏在何处。

除了一本有生命的书！

菲奥娜和达伦到珍本书库里查找色西罗盘的资料，却发现了件奇怪的事情：她曾经看过的一本书，内容竟然跟以前不一样了。随后他们发现，这是一本叫作《幻典》的怪书，里头藏着幻兽的一切秘密，但是并非谁都能看得到。

这时，贾瑞拉家族里的一个秘密也浮现了出来。她在自家阁楼里找到一个面具，这个皮革面具有翡翠一样的颜色，微微发着光。它为什么会出现在这里？这背后又藏有怎样的隐情呢？

更多精彩，请关注"意林·魂武士"系列第二本，《翡翠面具》！

潜能挖掘课堂

1. 潜能测试

读完此书,你是不是也觉得世界太玄妙,生活太奇巧?说不定你身边就隐藏着一些拥有特异功能的幻兽哟,也说不定你自己就是拥有万千能量的魂武士呢!完成下面这个小测试,看看你最大的潜能是什么吧!

下面9个瓶子,请凭你的直觉选出你最喜欢的一个。

答案请见《魂武士②翡翠面具》P134

2. 写书评,赢大奖

认真读完此书,并书写一篇有真情实感的书评寄回编辑部,不仅有机会获得《意林·少年版》编辑部旗下品牌图书一套,书评还有机会刊登在《魂武士③魔力手环》《魂武士④海妖的歌声》的读者评价区。(字数不少于100字)

邮寄地址:北京市朝阳区南磨房路37号华腾北塘商务大厦1501室《意林·少年版》编辑部。邮编:100022

本活动最终解释权归《意林·少年版》编辑部所有

"意林·少年幻兽师" 系列
一段少年英雄成长史，一部异世妖兽山海录

第7册《上古神话的开启》磅礴来袭
黑龙骑士大战塔罗高手，神奇动物变身超能宠兽

作者：雨 魔
出版社：吉林摄影出版社
上架建议：励志 / 校园 / 成长

"意林·山海经" 系列
《芈月传》作者蒋胜男倾力推荐！

智慧、勇气、冒险、情义……尽在少年热血时！

第7册《应龙之殇》现已上市！
第8册即将上市！

作者：墨清清 周 飞
出版社：吉林摄影出版社
上架建议：励志 / 校园 / 畅销小说

"意林·猎神传" 系列
一个万众瞩目的猎神传奇，
一段大气磅礴的异界之旅

集幻想、悬念、推理、神秘、冒险为一体。
现代校园与古代神话元素相结合，让你在紧张刺激的冒险故事中增长见识，大开眼界！

作者：笑晨曦
出版社：吉林摄影出版社
上架建议：励志 / 玄幻 / 校园 / 畅销小说

"意林·5班乐翻天" 系列
一套幽默可乐智慧书，
一段爆笑校园成长记。

校园幽默派小说领军人物、冰心儿童文学奖获得者伍剑烹饪的幽默大餐！

作者：伍 剑
出版社：吉林摄影出版社
上架建议：幽默 / 成长 / 校园 / 畅销小说

"意林·萌武侠"系列

2016年大白鲸幻想儿童文学一等奖获得者黄文军/2016年冰心儿童文学新作奖获得者钟锐强势加盟

作者：黄文军、钟锐、林风、岳炜
出版社：吉林摄影出版社
定价：22.80元/册
上架建议：成长/武侠/校园

新概念有声少儿武侠小说
培养好品格，做敢于担当、勇于挑战的好少年！
少年萌侠闯江湖，欢脱有爱铿锵行！

"意林·小超人"注音版

☆以学霸为主人公，正能量满满
☆语言幽默风趣，使你笑破肚皮
☆情节跌宕起伏，让你爱不释手

作者：[斯里兰卡]努雷·维塔奇
译者：李耀和
出版社：吉林摄影出版社
定价：16.80元/册
上架建议：儿童文学

小学低年级学生的贴身读物，
3~6岁小朋友的口袋超人书！
让孩子在启蒙时便爱上读书、喜欢思考！
逐字注音，再也不用妈妈陪读了！

《意林·儿童绘本》

中国儿童绘本有声杂志品牌
中国绘本教育联盟指定读本

免费下载动画版，游戏、涂色、探险……样样都能玩！
扫码就能听故事，解放爸爸妈妈！

《意林·少年版》

中国少年有声杂志品牌
开启学生杂志"听"时代
7~13岁孩子口袋里的放心读本

1本《意林·少年版》=1本炫彩纸质杂志+1本立体有声读物+1本超值电子拓展版